JN098436

森が呼ぶ
宇津木健太郎
竹書房

森が呼ぶ
宇津木健太郎
竹書房

装画　アオジマイコ
装幀　荻窪裕司（design clopper）

# はじめに

選考委員様。

初めて応募させて頂きます、宇津木健太郎と申します。

本来、小説選考の公募でこうした物を応募作品として送るのは非常識であり、また小説賞を軽んじていると捉えられてしまうのは、無理からぬことと思います。

ご覧頂ければお分かりと思いますが、同封の原稿は、小説というよりは日記の体裁に近く、小説とは呼べないかもしれません。

しかし一方で、日々の記憶と思い出を綴るだけの記録としてはあまりにも空想的であり、そのくせとても生々しいのです。

果たしてこれを小説と呼んでいいか、私には判別しかねます。ですが、大学で私の数少ない友人だった彼女から送られたこの記録は、誰かに共有されねばならない。読了した後、私はそう直感いたしました。それ故に、小説賞を頂き、衆目を集め、より多くの皆様に周知いただきたく。

ネットのSNSやブログ等では、求心性など得られません。権威ある御社の賞を受賞した上で周知しなければ、意味がないのです。

この記録が何処まで事実で、何処からが彼女の妄想なのか、判別する手段はありません。何度もこの日記を書いた友人に連絡を試みていますが、一向に応答がないのです。

もしかしたら、全ては彼女の悪戯（いたずら）で、私は踊らされているだけなのかも知れません。

それでも、私はこの可能性としての真実を、もっと多くの人に知ってほしいと思い、この度応募させていただきました。

尚、お送りした原稿ですが、元々友人から送られてきた文は誤字・脱字が多く、かなり慌てて書いた様子でした。特に後半は判別が難しい箇所も多かったのですが、なるべく拾える限りの文字を私が書き起こし、文章にして印刷しています。

また、この原稿の内容を裏付けるための、友人が記した日記を同封できればよいのですが、彼女と私はお互い速記を習得しており、日記や観察記録は漢字を除くほとんどを速記文字にて書いておりますため、同封に意味はないと判断致しました（この共通の特技のお陰で、私達は友人になれました）。

それでは、ご確認をお願い致します。

# 森が呼ぶ

※本書は、小説投稿サイト〈エブリスタ〉と竹書房のコラボによる長編ホラー小説コンテスト「第二回最恐小説大賞」受賞作です。
物語はフィクションです。登場する人物・団体・名称等は架空であり、実在のものとは関係ありません。

一部過激な表現を含みますが、これらは差別・侮蔑を意図する考えに基づくものではありません。

# 八月七日　十三時三十四分　大学構内

　実験室を後にして遅めの昼食を食堂で摂っている時、阿字蓮華（あじれんげ）からスマホにメッセージが入った。

　今年の三月に修士課程を卒業して以来、数度しか連絡をやり取りしていなかった彼女だが、危惧していた通り、あまり芳（かんば）しい状態ではないらしい。

　メッセージには、故郷に帰った彼女が自身の置かれた環境を憂う悲壮な文章が記されている。私は、自身の不甲斐無さを感じながら労（ねぎら）いの返事を送った。

　……今年の三月に、私と阿字はＳ大学の修士課程を卒業した。阿字も私と同様、院生として研究を続ける予定だったが、昨年の丁度この季節、阿字の姉が急逝した。何でも、山で崖から落ちたらしい。棺（ひつぎ）の中を見ることも敵わなかったそうだ。

　だから、本来姉が継ぐはずだった家督を阿字が受け継ぐ運びとなり、故郷を出て自由を約束されていたはずの阿字は、帰郷を余儀なくされた。この問題は彼女の家族のみならず、故郷の村全域に影響の及ぶ話になるからだと言う。

「私の村、複雑な事情があるの」

落胆して彼女は言った。無粋な興味が湧いて少し話を聞こうとしたが、多くは聞き出せなかった。それというのも、姉の桜さんが生まれた時から、村で阿字家の担うその役割は、全て姉が『当主』となって担うものとされており、その英才教育を受けて桜さんは育ったそうだ。

だから妹である阿字には、家が取り仕切る村の神事（確かに神事、と言った）にまつわる話はあまり聞かされてこなかったし、その手伝いを要求されたこともなかったという。

自分の好きなように生きることができると思っていたのに、と彼女は暗い顔で愚痴を溢した。帰郷を強要する故郷からの連絡に、電話越しで丸一日口喧嘩をしたらしい。それでも、何世代にも亘って続く村の儀式と伝統に一個人は決して逆らえない、の一点張りで、まるで話にならなかったらしい。かろうじて、卒業までは大学に残ることを許してもらったものの、それで精一杯だった。

逃げてしまえばいい、と気安く口にするのは簡単だったが、現実はそうもいかない。今の時代、アルバイトだけで院生の学費を稼ぐのは無理がある。実家の庇護を得ずして大学での研究を続け、学問に身を費やすことはできない。

助けられないことに歯がゆい思いをしたが、それでも阿字は笑ってくれた。会える機会は減るかも知れないが、それでも連絡を取り合っていこうと。

そうして友人達や研究生達と目一杯思い出を作り、今年の三月に阿字は帰郷した。

当初こそ頻繁に連絡を取っていたものの、阿字が地元で家督を継ぐ『修行』を詰め込まれ、そして私も研究の過渡期が訪れていたため、ここしばらくはほとんど連絡が取れていなかったのだ。

そんな中で、阿字は私に疲労困憊している旨の連絡をしてきた。

曰く、姉が今まで二十年以上の歳月の中で教え込まれてきた全てを一気に、一族が自分に教え込もうとしている。所作や礼儀作法に始まり、私生活と精神の在り方についてまで。

何でそんなことを、と呆れると、近く村全体で大きな予定があるのだ、と曖昧に返事をされた。

メッセージのやりとりではその全体像をぼんやりとしか掴めないが、阿字家が担っている村での役割とは、土着信仰に関わるものらしい。

彼女の故郷には仏教とは違う信仰があり、その神事や祭事の一切を取り仕切るのが阿字家の役目であることは分かった。だが、仔細はようとして知れない。何せ、阿字自身が全てを把握しきれていないのだ。

だがそれでも、この四ヶ月で強要される膨大な情報のインプット・アウトプット作業が過度なストレスになっていることは想像に難くない。しかも、全ては彼女自身の望んでいなかったことなのだ。

夏休み期間中も短時間開放されている食堂で味の薄いカレーを食べながら、阿字と幾度かメッセージのやり取りをし、食器を片付け終えてから、私は電話を掛けてみる。だが、電波の届かないところにいる、という自動メッセージばかりが流れた。

メッセージを送って改めて確認をすると、村には電波が届かないらしい。今までのメッセージはどうやって送受信していたのかを尋ねると、アプリをパソコンにインストールし、そちらから送受信のやり取りをしていたと言われた。

八月七日　十三時三十四分　大学構内

「Ｗｉ‐Ｆｉもないのよ。なくても不便じゃないからって、近代化しようとしない。呆れる」

フィールドワークには最悪ね、と愚痴をこぼし、私は苦笑した。

せっかく急ぎ食事を済ませて食堂を後にしたが、手持ち無沙汰になってしまった。研究室に戻ってもいいのだが、急いで取り掛かるフェーズでもない。なんなら、他のメンバーに任せてしまっても問題はない程度のデータ観測しか、今はすることがなかった。

私はベンチに腰を下ろし、真夏の木漏れ日と蝉時雨の中で放心した。私の愛すべき虫達は、この夏にこそ最も活発になる。私が最も好きな季節だ。

だが、一方の阿字にとっては今、憂鬱この上ないだろう。

オンライン通話はできるかと訊くと、パソコンの前に座って話をする時間が作れないという。何より家族が、ディスプレイに向かって独り言を言っている様子を気味悪がり、その都度邪魔をしてくるらしい。冗談みたいな話だったが、阿字達の親の世代から見てネットワーク技術というものはそのレベルの存在であるようだ。

「特に、この村の祖父母の世代は、未だに土着信仰を信じてるくらいだから。流石に、一部では形骸化が始まってるけど」

「何ていう村だっけ」

「犬啼村」

いぬなきむら、と私は繰り返す。どのような所以があってその名前になったのだろう。そう考えていると、阿字が本題を切り出した。

頼みは他でもない、どうか少しの間でもいいから、自分の村に来てはくれないか、と。

本人はやや軽い調子で、できたらでいいよという風に口にしたものの、その言葉の裏には、縋(すが)るような懇願の色があることがひしひしと伝わってきた。

無理もないだろう。閉鎖的な村から抜け出したと思えば、一転して強制送還。そして家と村のために生きろと言われ、開けたはずの未来と自由を奪われたのだ。例え現実的な解決手段を得られないとしても、誰かに傍に居て欲しいと思うのは自然なことだ。

分かった、と返信して、私は嘆息した。燦々(さんさん)と照る太陽の光は木々の葉を通し木漏れ日となり、人気(ひとけ)のないキャンパスに放り出された私の孤独を明瞭に浮き彫りにする。夏真っ盛りな晴天の清々しさに反比例して、私の心は憂鬱だ。親友が、自分の人生に苦しんでいるのだ。悩みもしてしまう。

大学は、そろそろ盆休みに入る。この期間ばかりは、学校も開放されない。幸い、研究室に行かねばならない用事もない。実家暮らしの私には、そもそも帰省する必要もなかった。

どうせ私は、学校でも家でもそれほど重宝される存在ではない。阿字とは違って。

迎え火も送り火も、今年は弟に任せよう。そう決断して、私は日程を伝える。かなり忙しいと思うが、お盆休みに向かっては迷惑だろうか、と。すると彼女は、すぐに返事を送ってきた。

「うちの村、仏教じゃないから大丈夫」

さっき言った大きな予定ってお盆の時期に重なるから、丁度いい。阿字はそう言って、私に来るべき予定の日を教えてくれた。

## 八月七日　十三時三十四分　大学構内

決まりだった。

私は、個人的なフィールドワークも兼ねてしまおうと決めて、記録帳と日記を持っていくことにした。

（宇津木注・彼女の場合、毎日日記を書く習慣はありません。しかしイベントや印象的な出来事、事件が起きた、またはこれから起きると予感した場合に限り、事細かに記録をつける趣味があります。彼女にとっての写真アルバムが、この日記でした）

# 八月十一日　十一時三分　バス停前

　東京から新幹線とＪＲを乗り継いだ後、ローカル線に揺られた。朝七時過ぎに家を出たというのに、電車の待ち時間が長く、まだ目的地には着かない。

特に、ＪＲを降りて十分以上歩いた先にあるワンマン運転のローカル線には度肝を抜かれた。二時間に一本というその小さな駅は、改札の体をした入り口と二人がけのベンチがあるだけの、あまりにも小さな駅だったのだ。おまけに、周辺には住宅さえもまばらにしかない。喫茶店やレストランなど、時間を潰せそうな場所は何一つなかった。

　車が行き交っている光景が、唯一ここが現代であることを告げる存在だったが、錆(さび)だらけの二両編成の電車に三十分以上揺られると、それも消えていく。

　田園ばかりが広がり、平屋の家さえもどんどんと数を減らす。都会人である私の目には初めこそ新鮮に映った光景であるが、全てすぐに見飽き、本を読むか記録を書くか以外にすることはなくなった。

　そうしてやはり何もない場所に建つ無人駅で降りると、近くに小さなバス停があった。阿字が言うには、この時間、このタイミングでバスに乗れないと悲惨なことになる、とのことであったが、成る程、三時間に一本のバスは十分後に到着の予定らしい。

自動販売機もない。喉がカラカラだ。

やかましい蝉の鳴き声、夏の香り、友人との再会。全ては心踊る出来事ばかりのはずなのに、私の心はわずかに重い。

# 八月十一日　十二時五十八分　犬啼村入り口

お腹が空いて仕方がない。舗装されていない道を、禿げタイヤの型落ちしたバスが走っている振動のせいで、余計に空っぽの胃袋が刺激されてしまう。

何より、バスの運転手がチラチラと物珍しそうに、バックミラー越しに私を盗み見るのが気に入らない。化粧っ気のない私の顔と、フィールドワーク向けの長袖長ズボンがそんなに珍しいのか。一度睨んだら、慌てて前を向いて運転を続けた。

私以外に乗客の居ないバスの車内に設けられた扇風機は、ギイギイとやかましい音を立てながら首を回す。利用者が少なく予算もないのか、扇風機もオンボロのバスの内装も外装も、まるで時代から取り残されたかのように古い。古すぎると言ってもいい。極端に利用者が居ないとしか思えないのだが、このバスが向かう先は、阿字の住む村だ。村があるならば、利用者だって居るだろう。

なのに、対向車も後続車も全く見掛けない。村の中だけで生活が成立しているとも思えないが、もしそうだとしたら、彼女の言う土着信仰の生活習慣が影響しているのだろうか。

興味はあったが、畑違いの専門分野にそれ以上考えを巡らせることはできなかった。

田畑の広がる退屈な光景が、二、三駅分も続いた。

だがそれを過ぎると、バスはそれまで真っ直ぐひた走っていた道を一つ曲がる。向かう先には、数分前から見えていた広い森が正面に見える。徐々に増える林はすぐに鬱蒼とした森と化し、山へと繋がっていた。

車道が存在することを除けば、最早その光景は前人未到の僻地への誘いにさえ思える。バスは、そんな森の中に入り込み、山道を進んでいった。

あまりの光景に、私は運転手につい、「犬啼村は本当にこの道なのか」と尋ねた。すると運転手はしゃがれた声で、間違いない、と短く答えた。

「毎日ここを通ってるんだから、信用しな」

当然と言えば当然の話だが、どうにも現実離れしている。

しかし同時に、村の入り口がこの有様なのだから、踏み入る者や住民達に土着信仰の意識を根付かせるのも納得はいくな、と思った。

ややあって、道の開けた場所に出る。木々が伐採され、ちょっとしたロータリーのような空間になっていた。照りつける太陽の光が、木々の隙間を縫って差し込んでいる。開けた窓から入り込む涼しげな風が、私の体を冷やした。

着いたよと、運転手が言った。だが、村と呼べる光景はまだ何も見えない。まさか、まででしょう、と訊くと、「ここからは歩くんだ」と運転手は平然と言った。信じられない。これだから田舎は。

それでも降りないわけにはいかず、私はキャリーカートを引きずり、前方ドアのタラップを降りる。すると、運転手が声を掛けた。

「嬢ちゃん、村に何の用だい」

振り返って運転手を見ると、彼の皺だらけの顔には、困惑と好奇心の入り混じった表情が浮かんでいる。好奇心に負けたのだろう。少し不快には思っていたが、一人の大人として冷静に、大学時代の友達に会いに来たと答える。すると、彼は妙な言葉を口にした。

「ああ、狗神(いぬがみ)さんトコの」

成る程成る程、と一人納得した風に言って、複雑そうな表情をした。

一体、どういう意味だろうか。尋ねるよりも先に、運転手はバスの前方を指さした。木々に囲まれた、車が一台通れそうな小道が、森の奥へ奥へと続いている。

「あの小道をずっと真っ直ぐ行けば、すぐ村だよ」

すぐってどれくらい。訊くと、「何、三十分くらいさ」などと平気で言ってのけやがった。チクショウ。

四時間以上の長旅でヘトヘトだった私は、もうそれ以上運転手と話したくなくて、足早にバスから離れた。

バスのドアが閉まる直前、運転手は去り際に言う。

「楽しんできな。それとこの村、街の人から嫌われてっから。色々と気をつけなよ」

確かに、そう言った。何のことだろう。

え？　と聞き返す間もなくドアは閉まり、バスは森の中の小さなロータリーを周回して、森を去っていく。鳥と虫のけたたましい鳴き声の響く森の中、私は汗を拭いながら、木彫りの腐りかけたベンチに腰を下ろす。そうして、休憩を兼ねて日記を書いた次第である。

里に着いて一休みしたら、また記録を付けよう。

# 八月十一日　十八時四十七分　宿

ようやく腰を落ち着けることができた。酷く長い時間だった。

バスを降りた自然のロータリーから村の入り口まで、運転手の言った通り、確かに三十分はたっぷり掛かった。村の入り口までで、だ。

蝉時雨の降り注ぐ森の道を歩き、土で汚れるキャリーカートを引きずりながら何度も汗を拭い、小道を抜けた。道はアップダウンを繰り返し、一つの小山を越えた感覚がある。開けた視界は四方を山に囲まれた土地だったから、恐らくこの認識は間違っていないだろう。

犬啼村は、盆地だったのだ。

ただ、盆地と言ってもその地形は少々風変わりだ。村を囲む岩肌や山は確かに広がっているのだが、その盆地の中にも別に、標高の低い小山や峰が幾つか広がり、村のいずれか一箇所から村の全景を見渡すことは不可能に思える。

阿字は自分の故郷を村と呼んだが、ただ村という一言で片付けるにはかなり大きい印象を受ける。だが町と呼べる程に栄えているかと言えば、間違いなく否だ。

私が来た森へ続く小道は、森を抜けた途端にその道幅を増す。と言ってもようやく車二台がギリギリすれちがえるだろっか、という程度だが、木々が姿を消したことで、盆地であるにも拘わらず開放感を感じた。

遠目から見た判断に過ぎないが、村は近代化されているとはお世辞にも言い難い。私の立つ場所からは農地や納屋のような木造建築は確認できるが、商店らしい店は視界に入らない。コンビニや郵便局、薬局や銀行など、公共施設や現代社会の生活水準を満たす必要最低限レベルの施設さえも見当たらない。もしかしたら小山の峰を越えた先にあるのかも知れないが、その時の私にそれを判断する必要はなかった。

肩で息をしながらカートを転がして道を歩くと、徐々に人の気配が増えてくる。民家ばかりがまばらにある寒村かとも思ったが、人影自体は思ったよりも多い。やはり、ただの村と呼ぶには違和感があった。

そしてこの村でもまた、住民は私を物珍しそうに見た。実際に長時間ジロジロと見ることはしないが、視界に入ってから過ぎ去るまで無遠慮さを隠す気配も見せず目配せをする程度には。

居心地の悪さを感じるが、宿が運営できる程度には村外の者が出入りするのだろう、とたかをくくってひたすら好奇の視線に晒されながら道を歩き、木箱を抱えて道を歩く一人の老爺に宿の場所を尋ねる。老爺は私を奇異の目で見ながら、宿屋などこの村にはないと憮然として答えた。そんなはずはない、たゆら屋、という宿屋があるはずだと言い返すと、彼は「ああ」と得心して簡単な道行きを口伝えした。

それから何人かの人に道を訊き、ようやく宿に辿り着いて老爺の言葉を理解した。たゆら屋とは、一階部分を定食屋、二階部分を宿屋にした店のことだったのだ。

　ガラス戸に貼られた『宿アリ〼』の貼り紙は、一部が風化し破れ、判読が困難になっている。定食屋がメインの施設なら、宿として運営できないくらいに宿泊客が来なくとも、運営に支障はないだろう。そして村人は宿屋など利用しないのだから、存在に気付かないで当然だった。

　夫婦で営んでいるらしいその店に入り、名前と宿を予約している旨を女性に告げた。まだ名前を聞いていないが、風体から察するに男の妻だろう。私は、無愛想な彼女から渡された宿帳に名前を書き、渡された鍵を持って二階に上がった。

　外見から察しは付いていたが、ようやく民宿と呼べる程度の体裁しか整っていない場所だった。部屋はカビ臭く、畳は所々傷んでいる。六畳一間を照らす裸電球は、夜は心もとないだろう。

　決して居心地のいい部屋とは言えなかったが、カビ臭さに紛れた仄かな香りが気を紛らわせる。お香だろうか。だが匂いの質は、蚊取り線香と言われてもおかしくない。

　問題は、匂いの元となる物が見当たらないということだ。火事の危機感を煽る類の匂いではないが、あまり気味が良いとも言えない。私は狭い室内を見渡したが、やはり匂いの発生源は見つけることはできなかった。強い匂いに少し辟易する。

　バックパックを担いで部屋を出ると、傷んだ床板がギイと軋んだ音を立てる。引き戸に鍵を掛けてから、廊下にも香の匂いが仄かに混じっていることに気付いた。匂いは、階下に行くほど強くなる。家に入った時はひたすら道を歩いて疲れていたせいで、匂いを気にする程気持ちに余裕がなかった。部屋で一息ついたこの時なら分かる。匂いの元は、一階だ。

定食屋スペースのカウンターから奥の座敷を、開け放たれていた障子から覗き見る。甚平を着た五十代らしい男が団扇を扇ぎながら寛ぎ、本を読んでいる。

そのすぐ隣に香台があったが、私はそれを見てギョッとした。

コーン型の良くある香なのだが、その大きさが尋常ではない。下端の太さが親指二本程もある円錐形のそれは、長さも通常の倍近くある。座敷の窓も店に続く障子も開け放たれているが、それでも部屋が煙たくなるくらいに煙は満ちているらしい。しかも、かなり香りが強い。

疲れていたとはいえ、何故私はこれに気付かなかったのだろう。これでは食事も喉を通らないのではないか、と要らぬ心配をして、私はそそくさと宿を出た。

道は、ちらほらと往来する程度に人が多い。土着信仰が云々、と阿字が口にしていたお陰で犬啼村にかなり陰気な印象を持っていた私だが、いい意味でそれは裏切られた感がある。宿の女将に関してはその限りではないが。

私は道を歩き、なるべく平然とした振る舞いを心掛けたが、やはり村の住民はお互いが顔見知りなのだろう。私は道を歩くだけで、物珍しげに顔を見られてしまう。正直、こればかりはうんざりした。外を歩いている時に必要以上に誰かの視線を気にするなど、久しく経験していない。努めて気にしないふりをするのが大変だった。

それでも、村民に悪意があるわけではない。農作業帰りらしい男性には気さくに声を掛けられたし、和菓子屋の老婆に声を掛けられて団子を買い食いした。どちらからもこの村に来た目的を訊かれたが、バスの運転手の反応を思い出し、友達に会いに来た、と答えるに留めた。

いずれにしても気になったのは、香りだ。

トラクターに乗った農夫は、バッテリータイプの虫除けアイテムを三つも腰から提げていた。加えて、トラクターに積んだバッテリーから電源を引き、電気式の虫除け装置を足元に置いていたのだ。ただ、こちらは虫除け剤ではなく、やはりお香のような不思議な香りがした。

和菓子屋に関しては言わずもがなだ。いくら老婆の鼻が鈍くなっていたかも知れないとは言え、あの匂いはキツすぎる。せっかくの団子の味と香りが台無しになるくらいの強い匂いだ。

そうして通り過ぎる家々を観察すると、どの家からも香の匂いが漂っている。

中にはごく普通の蚊取り線香の匂いがするだけの家もあったが、ただの偶然でああも連続して香を焚く家に遭遇するものだろうか？

首を傾げながら道を歩くと、その先へ向かって村人達が集まっていく。手には工具や木箱、食材を抱えていた。

村人の多くが大工仕事をしているわけでもないだろうに、どういうことだろう、何があるのだろうか。不思議に思いながらも、教えられていた阿字の家の方角と同じだったので、ついでに私も彼らについていった。

左手に田園風景の広がる、僅かに上り坂になった未舗装の道（と言っても村のほとんどの道は舗装されていない）を進む。右手には、水平に均(なら)した土地に木造の平屋が連なっていた。村の中心部から少し外れたその道に、しかしもっと多くの村人が集まっている。

彼らが集まる先は、一風変わった広場だ。

平屋が丁度途切れて山の尾根が始まろうかという場所に、その広場はあった。

五百平方メートルはあるだろうか、砂利の敷かれたその広場の中央に、高さ五メートル近い櫓(やぐら)が拵(こしら)えられている。その櫓を中心として、村人は仮設テントを張ったり、お神酒(みき)の準備をしたりと忙しくしている。

広場に入り真っ直ぐ反対側へ進んだ先に、山の神社らしい建物へ続く急勾配の石段がある。石段の両側は茂みで覆われており、いかにも山の神を祀るための施設に見えた。ざっと五十段以上はあるだろうか。その石段にも、何か祭事用の準備がなされている。

神社らしい建物、と言うのは言葉通りで、明らかに何かを祀る施設に見えるものの、鳥居と呼べるものが存在しないのが異質だった。鳥居と同じ役目を果たしているであろう門は存在するが、それは私が今まで見てきたどんな神社のそれとも違う。これが土着信仰に由来するものなのだろうか。

なるほど、バスの運転手が言っていた「楽しんできな」とは、祭りのことだったのだ。村人がひとところに集まり、羽を伸ばすための時間がやってくるのだ。進捗具合を見る限りでは、今晩始まるわけではない様子だが。

しかし不可解な点はある。大人はあくせく働き準備を進めながらも和やかな雰囲気で、子供達に至っては手伝いもせずにそこらじゅうを走り回って遊んでいる。これは確かに祭りの前の高揚感だった。露店の準備がなされた一角もある。

だが、櫓を中心としたその周辺域は少し雰囲気が異なっていた。提灯(ちょうちん)などの祭り定番の照明は用意されておらず、代わりに燭台や鏡、劔（つるぎ）といった神器の数々が、祭壇らしき場所に置かれ、それが櫓の下に設けられている。

また、櫓の上に和太鼓はあるが、平胴太鼓と宮太鼓の二種がある。櫓は私の視点よりかなり高く、詳しく見ることはできないが、どうやら四隅に香台が置かれているらしい。たゆら屋で見たそれと良く似た、しかし二回り程大きな物が僅かに見えた。

櫓はスチールで組まれているようだが、近代的な雰囲気を排するためか、全体を皺一つない真っ白な布生地で覆っている。少なくとも、祭りに活気を持たせるための装飾とは言えないだろう。

阿字は自分の身の上の話を、家族だけの話ではない、村全体に及ぶ話であると言った。この祭りも、それに関係しているのだろうか。

犬啼村、土着信仰、お香。

この村に来て私は初めて、少し薄ら寒いものを感じた。

すると突然大きな音が響き渡り、何人かの女性の悲鳴が響き渡る。ハッとしてその方向を見ると、仮設テントの一つが倒壊していた。幸い怪我人は居ないらしい。

すぐに、男の子と女の子が父親らしい男にシャツの首根っこを掴まれてこっぴどく叱られた。普段から悪戯好きなのだろう、二人は反抗し、特に兄らしい少年は父親に大声で怒鳴られても彼を睨みつけるばかりだったが、父親はその態度に一層腹を立てたのか、何度も手を上げ、周囲がそれを慌てて宥（なだ）めた。

親子は更に何度か言い合っていたが、どうにも居心地が悪く、私はすぐにその場を後にしてしまったので、その後男の子がどうなったのかは分からない。

ただ、午後の日差しを受けて光を反射し堂々と立つ櫓が、この広場で異質とさえ呼べる程の存在感を放っていることに困惑した。


十五時になろうとした頃に、ようやく私は阿字の家の前に到着した。教えられた住所とファックスで送られた地図を頼りに何度も家の門扉を確認し、表札を確認する。思わずそうしたくなってしまう程、阿字の家は大きかった。

小山の裾野や平地でまだらに建っている平屋がほとんどなこの村で、彼女の家は漆喰の塀で囲まれており、門柱は年季の入った樫（かし）の木で作られている。敷居の先は玉石の敷き詰められた庭が広がり、玄関口まで続く玉石は美しく磨かれていた。母屋もまた、白を基調とした純和風の屋敷である。

阿字からは、確かに村の中でも一家が重要な役割を担う立場にあると知らされていたが、正直な話、これ程に恵まれた環境で育ったとは思っていなかった。

また、敷居を跨ぐのに二の足を踏んでいたのにはもう一つ理由があった。表札に阿字の文字はなく、代わりに『狗神』の文字があったのだ。それは、バスの運転手が口にしていた言葉でもある。

この表札を見て初めて、私は「狗神」が一種の屋号であることを知った。それにしては、随分と大仰な屋号だけれど。

意を決して敷居を跨ぎ、ゆっくりと敷石を歩く。と、歩いてすぐに違和感に気付いた。純日本家屋と呼んでも何ら遜色のないその敷地の庭に、しかし植木や草木の類が一切存在していない。庭池もなく、広い庭には丸石がびっしりと敷き詰められているだけだ。そこに軽トラックと乗用車が一台ずつ停めてあるのが何とも不自然で、家屋としては非常に不整合に思える。母屋を越えたすぐ先に小山が広がっているために、一層違和感は募った。

そして、この家からも香の匂いは立ち上っていた。

家のベルを躊躇(ためら)いがちに押すと、男の声があった。私は名前を名乗り、阿字蓮華の友達であると伝える。すると、何故かしばし考えている風な沈黙があった後、ああ、と合点がいった声を漏らしてインターホンを切る。覇気のない声だった。

ややあって、玄関の引き戸のガラス越しに人影が映る。一歩下がって引き戸から距離を置くと、サンダルを引っ掛けた五十がらみの男が戸を開けた。気難しい顔をして、突如現れた私の顔をじっと見る。

私が何も言えずにいると、「蓮華の友達ですか」と訊いてきた。そうだと答えると、彼は家に入るように促した。

私はこのすぐ後、この目の前の男性が阿字の父親であることを知る。

三和土(たたき)で靴を脱ぎ、殺風景な廊下を歩く。香の香りは強くなったが、敷地が広いせいか鼻につく程ではない。夏だからか、各間の障子やガラス戸が開け放たれ、香りが家中に広まると同時に拡散してもいるからだろう。しかし、香が多くの部屋で焚かれているにも拘わらず、人影はなかった。これだけの広さであれば広いなりに理由があるはずだが、親族が集まる時にしか使われない部屋でもあるのだろうか。

野暮なことを考えている間にも廊下を進み、私は客間に通された。一切の笑顔を見せない男性は、一言、お待ちくださいと言って部屋を後にする。

私は座布団に座り、居心地の悪さを感じながらも縁側の向こうに広がる景色に目をやって気を紛らわせようとした。だが、視界に広がるのはやはり玉砂利の敷き詰められた庭だけだ。その庭も、数メートル先に漆喰の塀が広がっているばかりである。石灯籠や植木など、客間として目を楽しませる手心は一切加えられていない。塀の向こうに広がる雑木林の葉が、風にざわめく様子だけが変化らしい変化と言えた。

この家で、阿字は育ったのだろうか？

胸騒ぎを感じた頃に、阿字がお盆に湯飲みと茶菓子を乗せ、障子を開けて顔を見せた。彼女の方を見ると、阿字はパッと顔を輝かせて部屋に入ってくる。茶色に染めていた髪を黒に戻し、カーラーでセットしていた巻き髪は一切の癖をなくした綺麗なストレートになっている。卒業前よりも、幾分か痩せたようだ。だが、元々顔が少し丸かったので、寧ろずっと綺麗になっている。

素直にそんな感想を述べると、ありがとう、と朗らかに笑った。その笑顔を見ると、やはり彼女は変わっていないのだと一安心した。

「急にこんな変なこと頼んで、ごめん」

机を挟んだ向かいに座る阿字は言うが、私は一向に構わなかった。大学で、私が困った時はいつも真っ先に彼女が助けてくれた。実験では周囲が男ばかりの理系学部の中でお互いを親密に助け合った。寧ろ、彼女が私を頼ってくれたことを光栄にさえ思っている。

でも、具体的に何ができるのか分からない。そう、正直に本音を口にする。役に立ちたいとは思ったが、この大きな屋敷と、娘の友達に対して感情を全く表に出さない阿字の父親を目の当たりにし、どれだけ彼女が異質で大きな存在として責任を負わされようとしているのか、遅巻きながらに理解し始めていたのである。

だが阿字は、いつも通り傍に居てくれるだけでいいの、と言った。でも、いつまでも居られない。そんな当然のことを言うと、阿字はこう返した。

「勿論。ただ、祝祭の終わる明日の夜までは居て欲しいの。今まで経験のない話で、私の周囲の何もかもが初めてで……怖いの。頼れるのは祖母と、貴女だけ」

明るかった彼女は顔を曇らせ、視線を自分の手元へと落とした。そんな彼女を見て、私は慌てて言った。家のことと、彼女が言う祝祭について何か教えてもらえれば、意見交換などの形で何か力になることはできるかも知れない、と。

うん、と暗い声で答えて話そうとする彼女を一度制止し、私はタブレット端末を取り出した。情報を正確に記録するために録音をしておきたかった。

（宇津木注・ここより、彼女から日記と共に送られてきた実験記録ノートの走り書きを二重鉤括弧内に写し書きします。録音した内容を整理し、文字に書き起こしてまとめたノートです。以降、

八月十一日　十八時四十七分　宿

複数回こうしたレコーダー記録を同様に二重鉤括弧で引用する箇所がありますので、ご了承ください）

『犬啼村の土着信仰は、森を奉(たてまつ)る、と書き、奉森教(ほうしんきょう)と呼ぶそうだ。

奉森教は、仏教やその宗派の流れを汲まない独自の宗教として村人から厚い信仰を受けてきた。ラジオ文化が村の中に入り始めた一九三六年になるまでは、そもそもこの村の人間は仏教的宗教観を始めとした他の宗教について無知であったらしい。

流石に二十一世紀の現在、その風潮はなく、奉森教を絶対として生活をこれに根ざす生き方をする村人も減っていると言うが、それでも一部の高齢者はまだ根強く奉森教を崇拝している。そう言う阿字も、村を出るまでは本物の仏壇を見たことがなかったと言う。

信仰対象は、狼。だがニホンオオカミの絶滅と共に信仰の対象は犬へと変わり、故に「大神(おおかみ)」から「狗神」へと信仰対象の呼称は推移した。阿字家の屋号である「狗神」も、元は大神だったという。

そしてこの狗神の名を持つ阿字家こそが、狗神を奉る村人がその依り代(よりしろ)としている一族なのだ。イエスみたいなものよ、と阿字は言った。つまりそれは神の預言者であり、生きる伝説であり、姿のない神を信仰するための偶像。

村人は、阿字家一族そのものを狗神として信仰しているのである。

そして、その当主を務めるのが、代々直系の女性だ。

しかし阿字は、狗神の人間でありながら、その教義をほとんど教えられていなかった。本来であれば、次期狗神当主は姉の桜が継ぐ予定であり、狗神としての全ては桜に伝授される予定だったので、詳しい話は阿字には教えられなかった。

「当主でもそうでなくても、お見合いはさせられてたでしょうけどね」

やはり暗い顔で、阿字はそう言った。

狗神としての務めは全ては姉の桜に任せ、阿字はよく言えば放任主義的に、悪く言えばぞんざいに育てられた。だから彼女は狗神としての存在の重要性など深く理解していないし、今更教え込まれたところで、お役目を務められる自信などないと答える。

何より、自分にはもう「阿字蓮華」としてではなく、「狗神としての阿字」の人生しか待っていない。その事実に、阿字は震えていた。

狗神当主としての必要とされる全てを、短期間に教えられ、体に叩き込まれる。そのストレスと恐怖は想像以上だと。

形骸化が始まっているとは言え、村人は形式上、その生活の多くを狗神を中心として送る。そのために、この村は狗神を常に必要とする。阿字家が奉森教から手を引こうとしても、それは一家だけの問題ではない。止めることは許されないのだ。

だから阿字は今後の人生を、個人ではなく、狗神という記号として生きなければならない。自由な恋愛結婚など許されない。家同士が決めた、家同士の婚礼が粛々と進められ、そうして自分と同じ生き方をする娘を産み、育てなければならない。

「こんな家なんて」

村や宗教ではなく、家に対して憎しみの言葉を溢す阿字の恨めしげな顔が、頭から離れない。阿字が帰郷して教え込まれたのは、信仰対象としての奉森教ではなく、自らが信仰の対象となるための知識の洪水だった。

普段の生活、態度、作法、礼儀、話し方、何を食べ、何を見て、何をするのか。選択の自由はほぼない。私がこうして呼ばれたのも、傍目に見ても分かる程に気が沈み血相の変わった阿字を見かねた親族が、特別に友人を一人呼ぶのをやっと許可してくれたからという程なのだ。

そんな中でも真っ先に覚えさせられたのは、奉森教の成り立ちやその起源についてだ。簡略した概要は、次の通りである。

室町時代に端を発する奉森教の歴史は、戦乱の中で生まれた。度重なる戦の中で、浮世を彷徨える餓鬼、亡者、悪霊、魑魅魍魎が溢れ出し、皇御国を犯し始めた。山の神々に祝福された、と或る山村にも鬼達の手が伸びようとした時、山の神が狼を遣いに出し、これを守護した。狼は村を守り、安土桃山時代までをも乗り切ったという。

だが、邪な心を持った狼は欲を出した。山の神からの任を解かれなかったのをいいことに、自分への贄を望んだ。二十年に一度、その年村一番の美しい生娘二人を捧げよと。一人は顔を隠し、一人は素顔を晒すこと。これを厳守せよ。逆らえば村に悪鬼羅刹が流れ込み、全てが蹂躙されるだろうと。

この生贄の儀式は江戸の中期まで行われ、やっと噂を聞きつけた山伏（やまぶし）がこれを調伏せしめたという。狼は神の怒りを買い、罪滅ぼしとして見返りを求めない村の守護神として永劫、村の守護を務めることを約束した。

　だから明日の祭事は、生贄の儀式の名残なの、と阿字は言う。

「二十年に一度の、大事な祭りだから」

心労が凄いよ、彼女は疲れた様子で微笑む。

　もっと詳しく知りたければ、村の中心にある資料館に行くといい、と阿字は教えてくれたが、特に足を運ぶ機会は無さそうだ』

　どんな祭事なのかと訊くが、こればかりは説明が難しいと口にする。そういう決まりなのだ、と。ただ一つ確実に言えることを教えてもらった。催事に参加するものは全員、何らかの被り物をすることになっているようだ。

　帽子などだろうかと尋ねると、阿字は首を振り、「お面とか、マスクとか」と答えた。伝統に沿うのであれば、仮面が望ましいと。

「楽しめるかどうかは分からないけど、明日も居てくれると、私、とても安心できる」

　そう言われたら、協力せざるを得ない。嫌だと言われても傍に居て力になってあげたいと思う。大事な友達なのだから。

それから三十分くらい、他愛のない話をした。大学での実験のこと、他のゼミ生はどうしているのか、社会人組は誰がどんな仕事に就いたのか、などなど。

会話の中で、私は道中で見た、お香を焚く家々を思い出す。何故、この村ではああも大量の香を焚くのか、これも奉森教の教義と関係があるのかと問うと、彼女は首肯する。

「厳密に言うと、お香を焚くこと自体におまじないの意味はないのよ。お香じゃなくてもいいの。蚊取り線香を焚いている家もあったでしょう？　本来はあれで事足りる。でも、どの家でも同じ蚊取り線香を焚いていると、人と違うことをしたいと思う人も出てくるから、いつからかああして除虫効果のあるお香を蚊取り線香の代わりに焚くようになった家庭が増えた、っていう話。ファッションと同じね」

香を焚いている意味は分かったが、その目的の理解が追いつかない。つまり、虫を寄せ付けてはならない、というのが奉森教の説教に存在するという意味だろうか。

「そうなるのよね」

私も分からない、と口にして、阿字は呆れた様子で短く息を吐いた。だとするとより大きな疑問が生まれてしまう。奉森教とは、文字通り森を奉るのではないか？

「ええ。日本全国の伝承や民話、御伽噺で語り伝えられているのと同様に、森には神様が集い宿るという考えがあるから、それ自体は珍しいことじゃないの。『森に神様が居るから信仰が生まれた』のか、『森に神様が居ることを願って信仰が生まれた』のかという違いはあるけど」

だから、鳥居は山の麓に、参道は山の中にある神社が多い。勿論、何を祀っているかで立地は変わる。だが今、私はそれに疑問を持っているのではない。

「山を崇めるのに、山に沢山生息している虫を拒絶するの？」

変な話でしょう？　と、阿字は言って苦笑した。

「我が家では、特に虫を忌避しなきゃならないみたいなの。小さい頃から……いや、ずうっと昔からそう。だから、庭には木を植えない。僅かな水草さえも嫌って、庭池もない。とても殺風景な、不自然な庭……」

庭とは言えないわね、と阿字は言った。

話題も少し尽き始めた頃、阿字の父親が襖の前の廊下に膝をつき、「蓮華」と声を掛け、そっと襖を開けた。

「そろそろ……」

「分かった」

答える彼女の声は酷く冷たく、今まで私と朗らかに笑い合った女性と同じものだと思えなかった。この一瞬のやり取りだけで、親子としての仲が冷え切っていることを悟ってしまう。

阿字は、ちらりと父親を一瞥しただけですぐに視線を外し、気丈に振る舞って見せた。

だから彼女は、父親の表情が少しだけ陰ったその様子を見られなかった。

これこそ、何か自分がアドバイスできることの一つだったかも知れない。だが、今日知った家庭環境の仔細について私が突然口を挟めるはずもなく、私はそそくさと立ち上がった。廊下を案内されている間中も、阿字は先程まで見せていた不安の表情を一切表に出さずに、ただ真っ直ぐ前を向いて歩いた。

「ごめん。泊まってもらえれば一番いいんだけど……」

と、ちらりと後ろを振り返って阿字は申し訳なさそうに言った。

阿字家への宿泊については、関東の自宅を出る前に既に彼女から提案されていたことではあった。だが、催事の準備があるというのでは、おいそれと彼女の自宅を借りるわけにもいかないので、私は断っていた。ただ、彼女の実家が豪邸だったものだから、今私が宿泊しているこの旅籠(はたご)のような民宿に泊まるよりは、ずっと快適だっただろうから、その点についてだけは一抹の後悔があることをこの日記に記しておく。

私が三和土で靴を履いていると、もし、と父親が声を掛けた。振り返ると、片膝をついた父親が、ずっと小脇に抱えていた物をそっと差し出した。「良ければ、明日の祭にはこれを被っていただけませんか」

渡されたのは、般若のようなお面だった。だが刻まれた表情は、嫉妬に狂った女のそれではなく、寧ろ小面(こおもて)のように穏やかだ。ただ、目だけは般若面のようにギラギラと大きく描かれている。角も、鹿や獣を想起させる一般的な鬼の角ではなく、短いながらも歪(いびつ)に捻れて歪んだ一本角で、それはこの村を囲う森の木々を連想させた。

これも、この村独自に伝承される面なのだろうか。

「蓮華のご友人なら、貸し出しの十把一絡げな物ではなく、我が家の物を使ってご満足いただきたい」

その言葉に、蓮華も反対はしなかった。その代わり、硬かった表情を少しだけ緩めて、言い忘れていたわ、と言って私に質問する。

「良かったら明日、お月見しない？　祭のあと、この家で」

「でも、十五夜じゃないでしょ」

「スーパームーンなのよ」

風呂敷に包んでもらった仮面を小脇に抱え、私は舗装されていない道を一人、トボトボと歩いた。

祭りの準備に忙しい村人の賑やかな声が遠くから聞こえる。濃い橙色の夕日が山の稜線に沈み始め、薄紫の光が雲と空を毒々しく染めている。私は、街灯が百メートル間隔でしか設けられていない道に不安を感じ、少し足を早めた。蝉の音はやや静かになり、代わりにそこかしこの草むらから蛙やコオロギ、鈴虫などの鳴き声が数を増し始めている。

こうした虫を忌避し、それでいて山を祀らせる、この村にのみ伝わる独自宗教、奉森教。

私は阿字の、奉森教にまつわる話を聞いてから、強く疑問に思ったことがある。

奉森教の伝承は、その信仰対象である狼が山伏に調伏され、改心する時点を結びとしている。

だが、それは江戸中期に入ってからのことだ。

つまり、宗教としての原型が生まれたのが室町時代としても、信仰対象としての宗教として確立したのは江戸中期に入ってからになる。

歴史が浅いなんてものじゃない。生まれて間もないに等しい。

新興宗教の起こりとして考えれば或いは不思議ではないのかも知れない。特異なカリスマを持つ教祖がその力を強めて布教を進めたのであれば、不自然ではないだろう。

だが阿字家、もとい狗神は既に大元の信仰対象である狼を排しているし、阿字家も村人も、強い信心を持つ者はごく一部に限られるまでに数を減らしているという。そんな宗教が、何故こうも現代まで息付き、根を張っているのか。

ぞわりとするものを感じる。じっくり考えてみたいが、そろそろ夕食だ。階下の食事処で夕食を済ませてから、明日のことについて考えたいと思う。

夫婦が囲炉裏端で食事を作ってくれるそうなので、楽しみだ。

# 八月十一日　二十一時四十四分　宿

偶然か運命か、素晴らしいタイミングで面白い人物に会うことができた。いや、この村唯一の民宿がこのたゆら屋なのだから、必然というべきかも知れない。ともかく、鵜飼耕平（うかいこうへい）なる大学准教授に出会えたのは僥倖（ぎょうこう）だと思う。

観光名所など何一つない、しかし万一の時のために営んでいるというこの小さな村の民宿で、宿泊客は私以外に鵜飼准教授ただ一人だった。私のような若い女が、一人でこの村の民宿に泊まっているのが不思議でならなかったのだろう。一つしかない囲炉裏で顔を突き合わせてただ黙っているのも居心地が悪かったので、始めは、おじさんの話し相手になれるならそれでもいいか、という程度の心持ちで会話を始めた。

顔は若く、五十代半ばに見えるが、髪の毛はほとんど真っ白で、耳が隠れる程度に長髪だ。清潔感はあるがいい加減な印象も見受けられるその風貌は、確かに学者然としている。

鵜飼さんは、気さくに自己紹介をした。私のような学生を相手に講義をしているからか、その明るいオープンな姿勢に、私はすぐに気を許す。千葉県の大学で教鞭を振るっているという彼は、学会研究発表のテーマとしてこの村独自の宗教に目を付けたと、囲炉裏鍋の鶏肉に菜箸を伸ばしながら話した。

「君は、何の専攻だい？」

「農学です。応用として、昆虫学を」

「そうかい。じゃあ、きっとここは退屈しないだろう」

「明日は、山の中を見てみるつもりです。先生は、資料館か何処かへ？」

私は阿字との会話を思い出して訊いてみる。

「大雑把な奉森教の教義や概念については、既に調べたつもりなんだ。明日は、祭事とやらが始まるまでに聞き込みをしてみようと思っている」

鵜飼さんはそう言いながら、鍋の肉を小皿に取ってパクパクと口に放り込んだ。うっかりすると私の分がなくなってしまいそうだ。

研究の題材にする程興味深いですか、と訊くと、鵜飼さんは首肯した。奉森教については何処まで耳にしたかと訊き返されたので、私は阿字から聞いた大筋を話す。うんうん、と鵜飼さんは頷いて、「やはり面白いよ」と独り言のように口にした。話が長くなりそうだったので、私は一度断って席を立ち、自室からタブレットを持ってきた。

『鵜飼さんが奉森教に興味を持った一番大きな点は、私が抱いた疑問点を拡張したものだった。つまり、森を崇め奉る奉森教の教義に、何故虫を忌避せねばならない旨が記されているのかという点だ。

私は阿字から、虫は忌避しなければならない決まりがある、ということしか知らされていない。

だが、鵜飼さんはそれ以上の情報を得ていた。

そもそも虫との関わりが禁じられているのは、資料館にあった「奉森記（ほうしんき）」に記されているためだ。

犬啼村を襲った妖怪変化や亡者、魑魅魍魎の根源には、虫が居た。生き物は皆土に還り、全ての肉は虫に食われ、その役目を終える。だが奉森記によれば、肉を食い散らかした虫が死体を怨霊や亡者に変え、人に仇を成すとされているのである。大神はそれ故に、村に近付くあらゆる外敵と、村に住まう虫を食い殺したという。

昆虫学を専攻する私からすれば、虫が人肉を食らったから何か超常的な力が生まれるなどという伝承には、いちいちツッコミを入れたくなる。だが、鵜飼さんは違った。虫と人間の生死には、密接な関わりがあると言う。

「例えば、君、蝶は好きかい」

鵜飼さんは問う。大好きです、と答えると、蝶が美しいものとして一般的なイメージで捉えられるようになったのは、実は最近の話なんだ、と彼は言った。

「その造形の美しさが広く認められるようになったのは、大体中世以降になってから。美女を蝶に例えるケースが増えてからだが、それ以前に蝶が美しい物の主体として語られるケースは非常に少ない。日本でもそうだ。万葉集の中で、蝶について歌われた歌は一つも存在しない。何故なら、蝶は人の死と関連性を持たされることが往々にしてあるからね。かつて秋田県の某所では、蝶柄を好む者は短命とされ、高知県の某所では、夜の道に雪のように白い蝶が無数に飛び回り、息が詰まる程の数がまとわりつく。これに遭うと患って死ぬと言われている。こうした蝶化身の話……蝶が人の生と死の境界を漂う存在とする伝承は、世界各地に伝わっている。不思議なことにね」

特に、生活圏に深く根付いた民話や伝説が日本には多く残されている。何も、鬼や妖怪変化ばかりではない。魚や動物、そして勿論、虫についての怪異も非常に多い。

悪事を尽くした浪人が捕らえられ処刑された後、その浪人を埋めた場所から毎年人の姿を模した虫が現れるようになったという常元虫。人を幻術でたぶらかし、取って食っていた大百足の話が残る二戸市の民話、蓑ヶ坂。数え上げれば切りがない。

つまりは、そうした全国各地の伝承同様に犬啼村でも虫にまつわる昔話が存在し、その伝承が今でも根強く残っているということだ。

だけどね、と鵜飼さんは言った。

「大きな疑問点は、何故新興宗教がここまで根付いているのか、ということだよ」

果たして、奉森教はこの村にその教義を深く住民に根付かせているだろうか。

日本人の多くが、ただ風習だからというだけで理由を深く理解せずに節句を祝うように、村の住民の多くは知識や風習としてしか奉森教を捉えていないと阿字は言った。ミステリー小説の舞台設定よろしく、村自体が独自宗教の陰湿な雰囲気に覆われているようにも見えない。そう口にすると、しかし鵜飼さんは、まさにそれだよ、と答える。

「人間、流行り廃りというのはあるものだ。それでも今日まで数千年に及んで宗教が存在するのは、積年の歴史の賜物なんだよ。……一番分からないのが、ここなんだ。奉森記の内容は覚えているかい？　事の起こりは、室町時代。特に多くの血が流れた戦国期を経て、話が結ばれるのは江戸の中期だ。幾ら都から離れた小さな田舎の村だとて、室町時代に入るまで仏教の影響を一切受けずに存続するのはかなり難易度の高い話だとは思わないかい？　仮にこの村が蝦夷を系譜に持つ村だとしても、話は同じだ。この村の世界観は、蝦夷やアイヌ、仏教的世界観から隔絶している。そして、テレビやラジオなどの情報技術が伝え知らされる前まで、この村は仏教についての理解を持たなかったそうじゃないか。今の日本における仏教がそうであるように、人々が強く意識せずとも生活圏に風習が根ざしてしまう程の影響力を持つ宗教の正体とは、一体何だと思う？」

犬啼村は、日本古来より伝わる仏教的文化を否定し続け、一方で実質たった三百年程度の歴史しか持たない宗教を、生活文化圏に影響を与えるレベルで村人に浸透させている。

その認識を持った瞬間、私はこの村に再び、薄ら寒いものを感じた。

阿字が囚われているのは、しきたりの宗教ではない。彼女は、この村が抱える矛盾に人生を囚われ、抜け出せずにいるのだ。得体の知れないこの矛盾の塊は当然のように村人の心を束縛し、そして今現在も尚、人々の生活と心に影響を与えている。

理屈の通らない存在に、彼女は理不尽に自由を奪われている。大学で、村の外という存在をはっきりと認識した阿字は気付いたのだろうか。この村の異質さに。

それが、恐怖であるということに。

怖がらせるつもりではないんだけれどね、と困った様子で優しい笑みを浮かべ、鵜飼さんは徳利の日本酒を注いだ。

他に、奉森教そのものに疑義があるという根拠は？　私は尋ねた。鵜飼さんは答える。

「無理矢理、宗教として結びつけようとしている節があると思うな。というのもね、奉森記のあらすじ自体は先程言った流れだけれど、奉森記の全項目を網羅すると、叙事詩と言って差し支えないくらいの量になる。でも、これを経典と呼ぶにはどうにも違和感を感じるんだよ、私は」

理由を尋ねると、奉森記は戦乱期の混沌とした社会情勢や風俗を交えながら時系列順に、大神がどんな物の怪や亡霊を倒したか、どんな物語があったかが仔細に描かれているという。それは既に経典ではなく、歴史書、より正確に言えば神話に近い印象を受けたというのだ。多くの神様や亡霊、魑魅魍魎が登場し、彼らが物語を紡いでいく。その様は、唯一神の御技を讃える旧約聖書ではなく、ギリシャ神話のようであったと、鵜飼さんは答える。

「でも、ギリシャ神話は宗教の経典ではない。神話だ。それは、一神教であるキリスト教の『神』が救世する話に比べれば、神々が人を巻き込みながら戦いを繰り広げる、他人事の物語に過ぎないからだよ。神話は、宗教の影響力に勝てない。世界三大宗教は知ってるね？」

キリスト教、仏教、イスラム教だ。そう答えると、鵜飼さんは満足げに頷く。そして言った。「三大宗教の内の一つである仏教の影響を寄せ付けず、神話に近い体系の物語を原典とする新興宗教を信奉するようになるには、どんな要素が必要になるかな？」

　何ですか、と尋ねると、私も模索中なんだ、と鵜飼さんは苦笑して答えた』

八月十一日　二十一時四十四分　宿

　それにしても、お香の香りが強いね。鵜飼さんは言って、火照った体を手で扇ぐ。この村の風習らしいですよ、と言うと、ああ、と納得した様子だ。

「そう言えば、奉森記にもあったな。もっとも、昔は虫除けを使っていたらしい。奉森記に、虫の妖怪変化や怪物と戦う話が多かった由来かな。今ではファッションに変わってるみたいだけど」

　囲炉裏を囲んで、私と鵜飼さんはそんな会話を続けた。お互いが知り得ない情報を共有しようとしたが、私が知っていることは既に鵜飼さんの既知の情報で、力にはなれなかった。それでも鵜飼さんは気にせず、もしも奉森教に興味があるなら、また明日も分かったことを教えてあげるよ、と言ってくれた。

「明日は、お祭りがあるんですよ」

　そう言うと、うん、と鵜飼さんは納得した。「だから、その後か前にでも」

　何でも、自分で仮面を持ってきて準備をしているくらいに楽しみにしているそうだ。子供のようなはしゃぎっぷりに、私は耐え切れず笑ってしまった。

　それから、互いの明日の予定を伝え合ってから、私達はそれぞれの自室へ戻った。

　これから私は、一度外に出て一番近い小山の中に入り、虫を捕まえる仕掛けを作ろうと思う。

この山の生物相を観察したい。

ああ、つい長々と日記を書いてしまう癖を、どうにかした方がいいかも知れない。もう、十一時を回っている。本来、もっと早い時間に仕掛けなければならないのに。

# 八月十二日　午前五時四分　宿

変な時間に目が覚めてしまった。魔法瓶に入っていた、温くなってしまったお湯で淹れた緑茶を飲みながら、眠気覚ましがてら、昨晩の出来事を日記に書くことにする。

昨夜宿を出ようとした時、たまたま起きていたらしい店主に渋い顔で声を掛けられた。こんな夜遅くに何処へ行くのか、と。バックパックを膨らませていたから尚のこと、何をしに行くのか不可思議に思ったのだろう。

放っておいて欲しいと一瞬思ったが、戸締まりの問題があるのか、と気付いて素直に、研究用に虫を捕獲したいので、その仕掛けを作りに行くんです、と答える。が、答えてからしまったと思った。この村の人間は、虫を忌避するのだ。そんなところに、虫の持ち帰りを示唆する言葉を口にしたのは、早計だったろうか。

むう、と声を漏らし、店主はますます渋面を浮かべる。眼鏡を押し上げて、ガリガリと後頭部を掻いた。虫を持ち帰るのが駄目なら、ちゃんと現場だけに留めておきます。そう言うと、ああ、と店主は慌てて答える。

「ああ、まあそうしてくれるならそれがいいんですがね、心配してるのはそれじゃないんですよ。

……お嬢さん、何か被る物は持ってますかね」

「帽子なら、日中に被る用がありますが」

アウトドアの際には必需品なので、つば付きキャップを持っている。夜だったので、この時は部屋に置いてきたのだが。すると店主は首を振って言った。

「そういう被る物じゃねえんですわ。仮面とか、覆面代わりの頭巾とかバンダナ……」

言われて、ようやく昼間、阿字の父親から渡された仮面を思い出す。だが、あれは明日の祭事の時に被るものではないのだろうか。尋ねると、店主は答える。

「この村では、山に入る時も何がしかの被り物をするんですわ。昼夜か祭りかを問わず、誰かに素顔を知られない格好をして山に入る。それが、しきたりなんですわ」

馬鹿げているな、とけ思ったものの、郷に入っては、という言葉もある。恐らくこれも、奉森教に関わりのある話なのだろう。心から仏教や神様を信じていない人間でも、墓前や神前では帽子を脱ぐし、粗相をすればバチが当たると信じて大人しくする。それと同じことだ。従わないわけにはいかない。

私は一度部屋に引き返し、阿字の父親から貰った仮面を手にし、店主に断って宿を後にした。

夜道は、酷く暗い。街灯は広い間隔をとってポツリポツリとあるだけだから、成る程、古人が夜道に何かを感じ取り、それが転じて妖怪変化になったとするのも頷ける話だ。

それでも、時折浮き雲の切れ目から覗く月光が、驚く程に明るい世界を照らし出す。月明かりが出た瞬間は、懐中電灯の明かりを消しても全く問題ないくらいに明るかった。

私は、人も何もない田園地帯を、意味もなくたまに振り返ったりして、小走りに一番近い山の麓へと進んで行く。近いと言っても、宿からゆうに二キロ近くはある。そして、村を取り囲む深山と比較しても見劣りしない、小山と呼ぶには妙に威圧感を放っているその山へ、私は歩みを進めた。住宅密集地から少し外れると、それだけで数少ない街灯は一気に消え失せる。その暗さもまた、私を不安にさせた。

八月十二日　午前五時四分　宿

山道へ続く、麓の入り口で一度足を止める。月明かりの下でバッグを開き、仮面をまじまじと眺めた。青白い光の中で、小面とも般若とも呼べないそのお面は怪しく輝きを放っている。

念のために一度お面を高く持ち上げて拝んでから顔に押さえつけ、若干苦心しながら面をつけた。視界が一気に狭くなるが、しかし思っていたよりも限定されたものではなかった。恐らく、面が演劇用ではなく、実用性を重視して設計されているためだろう。それでも、視界がかなり不自由になることとは変わりないが。

懐中電灯を点けて、私は山の中に入る。視界と電灯の明かりを常に直線で合わせなければならず、私は転ばないように、常にほぼ足元を照らしながら俯き気味に歩いた。

コオロギ、鈴虫、クツワムシ……何十、何百もの虫が音を奏で、蛙の合唱がそれに続く。森の闇夜で聞くその声は、幻想的であると同時に恐怖心も煽る。視界が限定されているせいで、風で揺れたらしい枝先の音さえも、突然の異音として認知してしまった私は体をその都度跳ね上げてしまう。都会と違う山の雰囲気に、私は少し気圧(けお)されていた。

早く用事を済ませようと、私は麓からそれ程進んでいないところで道を外れ、山の中を二十メートルほど、道なき道の斜面を登った。そうしてからようやく足を止め、私は仕掛けを作った。木と木の間に網を掛け、樹液のスプレーを満遍なく噴射する。簡易的だが、早朝に確認するには十分な仕掛けだ。

何のことはない仕掛けだが、視界を限定されているせいで妙に時間が掛かってしまった。道から外れて茂みの中に入ってから、随分時間が経過したと思う。

だからだろうか、私が森に入ったことに気付かないのか、大きな声で言葉を交わし合いながら山道を走り下りる、二人分の音と声がした。山の中から、私が来た村の方へと走りながら罵り合っている。

こんな夜に、山の中から？　私は突然のことに驚いて、懐中電灯の明かりを消して木陰に身を隠した。隠れる必要などないが、人と遭遇するはずのない場所で誰かの存在を感じた時程、恐怖を抱く瞬間もない。それは相手も同じことだろうから、私は声を掛けず、ただ誰が走ってきたのかを確認しようと、頭だけを茂みから出して山道を見下ろした。

子供だった。遠目で顔は分からないが、やはり仮面をつけている。その声音からして小学生くらいだろうか。一人は男の子で、もう一人は女の子。二人共息を切らせながら、小さな懐中電灯の明かりを頼りに走っている。だがあまりにも急ぎ過ぎて、光線は上下左右に目紛（めまぐ）るしく運動し、その役目をほとんど果たしていない。

二人はお互いに、お前のせいだ、そっちのせいだ、というようなことを繰り返し叫び、泣いていた。

すぐに、二人はその場から過ぎ去った。見ている私が驚くほどの速さだったから相当なものである。けたたましいその声は、十数秒の間、私の周囲を取り巻くあらゆる虫の声を遮断して、静寂をもたらす。

そして、虫達は思い出したかのように、一匹、また一匹と再び鳴き始めた。

私は、木陰から顔を出したまま微動だにできなかった。

誰も出歩かないはずの夜遅い時間に、子供が二人だけで、山道を泣きながら走って村へ戻っていく。その唐突で不自然な光景が、脳裏に焼き付いて離れなかった。

ようやく、痺れた体を動かそうという気になった。ゆっくりと足元のバッグを手に取って担ぎ、山道へと下りる。もう姿のなくなった二人の逃げ去った先をしばし見つめ、それからゆっくりと、二人が逃げてきた方向を……私が進もうとしていた先の道を見る。山へと続く、暗闇に飲まれた道を。

何もない。確かに、私は何も見ていない。懐中電灯の光には何も妙なものは照らし出されていなかったのを、狭い面越しの視界からもはっきりと確認した。

それでも得体の知れない何かを感じたのは、虫の音が徐々に消えていったからだ。

二人が逃げてきた方角から順々に、虫の声が静かになっていく。

何かが、近付いているのだろうか。だが、肉眼では何も視認できなかった。

立ち止まっていた私の周囲でしきりに鳴いていた虫の鳴き声が止んだ瞬間、私は弾かれたように来た道を走り、戻る。

森を抜けて、妙な息苦しさを感じた。お面のせいだと気付き、私は勢い良く外す。五分以上走っただろうか。肺が焼けるように痛くなり、止むを得ず足を止めて息を整えた。振り返っても勿論、何も居ない。

馬鹿なことをしたなと思うけれど、一晩経ってこうして記録を付けている今でも、あれが暗闇に対する恐怖心から生まれた妄想だとは信じがたい。それ程、何かが居た、という強い感覚がある。まあ、初めての超田舎で体験した暗闇だから、恐怖心を感じても仕方なかったのかも知れない。

帰る途中、たゆら屋のある村の中心部から遠く離れた住宅密集地域らしい辺りに明かりが点いているのを確認した。もしかすると、先程の子供二人が帰ってきて安堵の騒ぎになっているのかも知れない。とても小さい村の一区画らしかった。

何にせよ、私が山で一人を見届けてから、道に迷いそうな場所もない。月も明るいので、誤ってあぜ道を踏み外して落ちる心配も無用だったろう。そう願う。

さて、そろそろ仕掛けを見に行こう。仮面も忘れずに行かなければ。

それにしても、昨晩あんな思いをした場所にまた行こうなんて、本当に私も物好きだ。

# 八月十二日　午後零時三十一分　山中

（宇津木注・この項目は、記録帳に記載されていた物を引用しています）

記録帳を持ってきて良かった。民家に虫を持ち込むのは憚（はばか）られるので、採取した現地で記す。

犬啼村の昆虫の生物相はとてもユニークだ。

犬啼村の山の地質は粘質で、保水力・保肥力共に優れた地質。農地には向かないが、虫の生息環境としては悪くない。指標生物も、地質・立地に適した昆虫が捕獲できる見込みだった。だが、結果は予想と期待を上回った。

　仕掛けに掛かっていた虫は、多種多様だった。それは、山の中で見られる生物相としては異常性さえも垣間見える。

　昨晩鵜飼さんが言っていた蝶だけとっても、ナミアゲハ、モンキチョウ、ムラサキシジミなど、この季節に山で見られる蝶としては比較的ノーマルなものが居る一方で、春に草原で見られるはずのベニシジミ、北から南へと渡り鳥のように飛ぶ際に「迷い蝶」としてしか日本で観測されたことのないオオカバマダラ、盛夏には休眠するはずのテングチョウなどが、数は少ないながらもまばらに掛かっている。

また、周囲百メートルを探し回った限りで河川は見つけられなかったのだが、水辺や、湿潤で冷涼な場所に生息するガロアムシが掛かっている。また、湿地や休耕田にしか存在しないはずのハッチョウトンボまでが居た。

興奮で、昨晩の不気味な空気が這い回っていたあの空間と同じ場所とは思えなかった。生物の多様性に満ちている、信じられない場所だ。相容れないはずの生物相の昆虫が、同じ場所に集まっている。奇跡と言ってもいい。

だが、同時にやはり不気味さを感じないわけでもない。全ての生物に最適化された生息環境など、世界の何処にも存在しない。外来種が持ち込まれて繁殖した風にも思えない。そもそも、この村の人間は虫と関わりを持たないのだ。虫の生息に関して、人の手が介在する余地はないはずだ。

自然発生でも人工的発生でもない、自然でありながら不自然な森。どういうことだろう。

更に山の奥に分け入って、三十分程度で小川を見つけた。網で何度か水を掬うと、ここでも信じられない成果を見つけることができた。

水質は清純で、カワゲラ、サワガニなど、清流にしか住めない生物が豊富に居た。その一方で、ミズカマキリやタニシなど、汚れた水に住む傾向の強い生物が居る。だが最も驚くべきは、こうした水質の違う河川に住んでいる個体同士が一方的な捕食関係にならずに共生していることだ。一つの川の中で、水生昆虫がこうもひしめき合っている環境など、私は今まで見たことがない。

あっという間に時間が経ち、私は河原で手を洗い、記録帳に衝撃の発見を書き連ねた。

ああ、この村にネット環境がないことが腹立たしい！

今すぐにでも、教授や同期にこの報告をしたい。生物相がバラバラなのに、昆虫が絶妙なバランスで共存している。人里がすぐ近くにあるにも拘わらずここまで多様性に満ちているのは、きっと犬啼村の奉森教教義の賜物だろう。虫を忌避する彼らは、駆除するためにさえも虫と関わってはならないのだ。ただ、追い払うだけ。ただの自然淘汰とも人工的な環境の変化による淘汰でもない、不思議な生態系の変化が起きている。

気が付けば時刻は十二時を過ぎ、空腹だ。興奮したせいで、装着している仮面に篭もる自分の呼吸が暑苦しい。都会とは違い、森の中でかなり涼しいとは言え、これ以上の野外活動を続けることは厳しい。水筒の水は、もう既に尽きていた。

これから、私は山を一度下りる。阿字と、夕方と夜の約束があるので時間は限られるが、午後もできる限り採取活動をしていきたいと思う。

八月十二日　午後零時三十一分　山中

## 八月十二日　午後四時十九分　宿

ようやく宿に戻ることができた。何だろう、とても心にしこりが残る一日だった。

結局、調査はあれからあまり進められなかった。

山を下りている間に、あれもこれもと見かけた昆虫を記録して歩いていたら、私はすっかり道に迷った。村の中にある山なのだから、適当に下っていけばいつかは村に出られるだろうという楽観的な考えだったから大して慌てはしなかったものの、山で方向を見失ってしまうとどうしても焦る。

そんな放浪中に、予想外の事態に出くわした。

森の中で一箇所、不自然に開けた場所があった。人一人が通れる程度の道で、両脇は木々や茂みで囲まれている。左手へ進めば緩やかな下り坂だったが、右手方向へ少し坂を上った先に、高々と伸びる入道雲を背景に、森の中には相応しくない人工物が見える。瓦屋根だった。

私は、引き寄せられるように坂道をゆっくりと上った。一軒だけポツリと建っているその平家は、森の中にありながらとても日当たりが良かった。家を中心としてかなりの面積が整地され、木々による日光の遮蔽がないのだ。それは、この森の中でとても不思議な感覚を与える。一瞬廃墟かとも思ったが、それにしては外装が綺麗だ。

　未知の生物相に出会えた感動の余韻が、まだ私の中に残っていた影響があるのだろう。どうしてもその家に惹かれてしまい、かなり逡巡したものの、申し訳なく思いながら家の引き戸を叩く。ごめんください、と大きな声で挨拶をしたものの、中々答えが返ってこない。

　引き戸の曇りガラス越しに家の中で動く人影がないかと目を細めて観察してみるが、その気配はない。私は躊躇（ためら）いながらも、家をぐるりと回ることにした。

　家を回り込んだ裏手には、広い庭が広がっていた。家庭菜園らしい小さな畑にはトマトが実を結び、色艶のいい輝きを放っている。その他にも、ナスやキュウリなど、夏の野菜が栽培されている。そんな小さな畑を眺めるように縁側があり、障子が開け放たれた六畳間の和室に、一人のお婆さんが居た。

　籐製の回転椅子に腰掛け、のんびりと庭を眺めている。老体を自愛しているのだろうか、足には大きめのタオルケットを掛けており、足元は完全に隠れていて、見えない。

　一見した時は魂が抜けたような表情をしていたが、私を見てお婆さんはパッと顔に輝きを取り戻し、「いらっしゃい」と答えた。「何かお困り？」

　私はその時ようやく自分が仮面をつけたままだったことを思い出し、慌てて外して会釈をし、まずは突然家の敷地に入った無礼を詫びた。とても奇妙な様子であったろうにも拘わらず、お婆さんは穏やかな表情で私の言葉を聞いていた。その後、自分が道に迷ってしまったことを話す。お婆さんは気を悪くすることなく微笑んで、ただ私を気遣ってくれた。

「大変だったでしょう。家の前の道を真っ直ぐ辿れば、役場の方に出られるけれども、それより、疲れているようですね？　一休みしていったら？」

ハッとして、急に居心地が悪くなる。「水だけ頂ければ結構です」と断ろうとしたが、お婆さんは「まずは一休みしていきなさいな」の一点張りだ。話し相手でも欲しいのだろうかと思った。

彼女の住む平屋の家は大きいが、今彼女が居る六畳一間には、過剰なくらいに生活空間が圧迫され、生活感に溢れている。一日の大半をその部屋で過ごすかのように物で溢れたその雑然とした部屋は、何となく、彼女が一人でこの家に住んでいるらしい様子を窺わせた。

何度か断ってみるも、結局善意に甘えることにした。恐る恐る上がろうとすると、ああ、とお婆さんは促し、家の裏手を指さした。

「山を歩いたなら、井戸で手をお洗いなさいな。きっと気持ちいいわ」

その言葉に深く頭を下げ、一旦その場を離れて家の裏手に回った。玄関とは丁度反対側の勝手口に、井戸はあった。手押しポンプが備えられた井戸だが、随分と汚れている。草も生い茂り、あまり使われた形跡がない。常用している訳ではないのだろうかと思いつつ、私は井戸蓋の上に伏せられていた鶴瓶桶を手に取り、ポンプの排水口の下に置いた。

と、そこで桶がとても汚れていることに気付く。木製の桶は、最後に使われてそのままずっと放置されていたのか、内側には苔が生えている。底の方に見える白いものは、カビだ。

家の中にバケツか桶があって、この桶は使われていないのだろう。私は諦めて桶を元の場所に戻し、ポンプを押しながら片手を排水口に翳した。数回漕いで押し上げられた井戸水が溢れ出し、冷たい水が手のひらを打つ。真夏の昼に触れるその温度はとても気持ちが良かった。

口に水を何度か含み、ついでに顔の汗を拭く。ハンカチで顔を綺麗にしてから、私は縁側に戻った。すると、お構いなくと言ったのだが、お婆さんは採れたてらしい野菜を用意してくれていた。丸のままのトマト、キュウリ、ニンジンのスティック。実は小腹も空いていたことがバレていたのだろうか。

迷ったが、ご馳走になります、と深く礼をして腰を下ろし、私は野菜を手に取る。

だが、丸のままのトマトを手に取り、顔の近くに持ってきた時、ギョッとした。

虫だった。持ち上げたトマトの下、野菜が盛られたザルの上に、何匹もの芋虫が蠢いていた。汗ばむ手からトマトを落とさないようにしてそれを裏返すと、そこにも一匹、小さな青虫がへばりつき、動いている。

この、盛られた野菜の下にも？　そんな疑問と冷や汗が湧く。ちら、とお婆さんの顔を盗み見ると、彼女はずっとニコニコ笑っていた。

一瞬、痴呆を疑ってしまう。勿論、初めて会った相手にそれを指摘するつもりはない。だが、目の前の野菜にそのまま齧り付くほど、私も愚鈍ではない。結局私はそっと虫を払い、トマトを手にしたまま、他愛のない話をして誤魔化すことにする。

「お一人で暮らしてらっしゃるんですか？」

「ええ。もう、随分と長い間」

「大変ですね」

「慣れてますし、時々肉親も訪ねてきてくれますので。……ところで、私をご存じでないということは、余所からいらした方？」

その言葉に、私は首を傾げた。どういう意味だろう。確かに、大きな村ではないとは言え、森の中の一軒家に住む老婆を知らない村人が居ない程に小さな村でもないはずだ。

だが、それでもこのお婆さんは、自分を知らない私を村の外からやってきた人間だと見抜いた。森の奥に、隠れるように一人で住むこの老婆が、それ程の有名人ということだろうか。

この村で皆が確実に共有する、人物に関する情報と言えば、狗神。

トマトを握る手に、一層汗が滲む。私は、恐る恐る訊いてみた。

「あの……阿字蓮華さんの親族の方でしょうか」

問うと、お婆さんは顔を綻ばせて答える。「ええ、ええ。そうですとも」

彼女は、阿字響子と名乗った。

村の最高権力者である阿字家の年長者が、忌避しなければならない森の中で一人暮らしをしているのだろうか。私の疑問を余所に、お婆さんは矢継ぎ早に尋ねる。重なった皺の温厚な表情が、私に答えを引き出させる。私が何処から来たのか、学生なのか、一人暮らしをしているのか、大学では友達と何を研究しているのか……。

特に、大学での生活と研究内容に非常に興味を持ってくれた。正直、意外な反応だと思った。奉森教の篤い信者は村の高齢者に限定されると阿字は言っていたので、てっきり狗神の家の年長者である目の前のお婆さんも、その教えに従い虫を毛嫌いしていると思っていたのだ。だが毛嫌いするどころか、私の研究に興味を示してくれるとは。

女が理系の、しかも昆虫に関係する研究をしているというだけであまり共感してくれる人間の少ない立場だったので、思わず嬉しくて、虫に関する研究について一部を、なるべく平易で一般的な用語を使って説明したりした。

「そう……素敵ねぇ」

私の話の途中で、うっとりとした風に響子さんは言った。上品な言葉遣いが可愛らしいと思った。

その時、ドンドン、と玄関のガラス戸を叩く音と人の声がした。

「お祖母様、ごめんくださいませ」

明瞭とした、阿字の声だ。私は驚いて顔を上げて玄関の方を振り返り、心を弾ませた。こんな素敵なタイミングで出会えるとは、何という一日だろうか。顔を綻ばせて私は視線を響子さんへと向ける。

そこで、私はギョッとした。パッと視線を向けた、その一瞬しか見ることはできなかったが、その一瞬に、私は確かに見た。

響子さんは椅子に座ったまま顔を声のした玄関方向へと向けて、カッと目を見開き、血管が浮かび上がらんばかりの必死の形相を浮かべていた。先程の穏やかな表情を浮かべた老婆と同一人物とは思えない程、悪鬼的な顔をしていたのである。

だが、あまりにも一瞬だった。

すぐに私に穏やかな笑顔を浮かべ、「孫が来たようです」と優しく話す彼女の仕草は、今の一瞬がただの白昼夢だったのではないかと思うくらい、自然だった。

蝉の鳴き声が、一層騒がしくなる。冷たい汗が私の頬を一筋、流れた。

ガラガラと戸の引き開かれる音がして、数人の足音が家の中を進んでくる。そうして障子の前でパシリと膝を叩く音がした後、響子さんが入室を促した。

開かれた障子の先には、阿字と、男が三人、付き従うように居た。皆、白い装束を着ている。男達の装束は山伏のそれに近く、阿字の着る服は神聖さを感じさせる。私が響子さんと居るのが余程意外だったのだろう。口を開こうとした阿字の顔が見ものだった。

それから簡単に事情を説明し合った。何でも阿字は、今日の祭事の簡単な報告に来たらしい。何か村で大きな催しがあると、必ず町役場から阿字家に連絡が入り、阿字家は山の中に住むこの響子さんに報告・許可を得るのが通例になっているそうだ。

私は水場で、先ほど居合わせた人数分のコップを洗いながら、それを手伝ってくれる阿字に訊いた。

「お祖母さん、いつからここに？」

「二十年前かしら。丁度、前のお祭りの頃」

私が四歳くらいの時のことだからよく知らないけど、と言ってから、「それから、お祖母様はこの家から出ないのよ」

「二十年間？」

「二十年間」

本人曰く、家長制度が基本の狗神の家では、自分のような年寄りが政の邪魔をしてはいけない、私のことは深く考えなくていい、と言ってこの家に移り住んだらしい。それでも形式を重んじなければならない狗神としての立場上、こうして村全体規模の何かがあった時は必ずこうして報告に来るのだという。

「あとは、食材を持ってくる程度かしら」

その時は、いつも今日のように三人か四人でやってくるという。

よく生活できるわね、と本当に感心して言った。元気でしょう、と少し自慢げに阿字は笑った。

しかし、と私は疑問に思ったことを、小声で訊いてみる。

「お婆さん、お体は大丈夫なの」

「え、うん。……何かあった？」

私は、まだ響子さんの部屋にある虫の盛られたザルの話をする。阿字は無言で嘆息した。

「元気だと思ってたけど、やっぱりか」

やっぱりか、の意味について訊くと、兆候はあったらしい。昔のことを忘れ、ちぐはぐな言動をする頻度が多くなっていたと。

人が変わったみたいに思う時もあるよ、という彼女に、私は一瞬だけ、先ほど響子さんが見せた鬼のような形相を思い出す。が、阿字には教えなかった。

もう忘れよう、と決めて、無言で蛇口を閉めた。簡単に食器を布巾で拭きながら何となく土間を見渡す。そして、やはり不思議に思った。

　井戸の水を汲む桶やバケツは、何処にも見当たらなかった。


　私は響子さんに丁寧に礼を言って、阿字と、今日の祭事の祝詞（のりと）の読み上げを担当するという村の男性三人と共に下山した。響子さんと居た時は気にならなかったが、四人ともお香の匂いが強い。そして、お面は誰も独特だった。男性三人は、烏、イタチ、狐を模した仮面を持っており、下山の際には当然それを被った。

　阿字の仮面は、輪を掛けて独特だ。

　くり抜かれた瞳を縁取る眼の色は深い紅色で、毛並みが雪のように美しい、白い犬の面だ。大きく開かれた口から、阿字の色白な鼻筋や口元が曝け出されている。私や男性達の仮面と比べてもその緻密な細工の独創性は一目瞭然で、神々しさを感じさせた。狗神という格式故だろう。

　だがそれ以上に奇妙だったのは、顔だけではなく、頭部や首回りまでもを蓑のように覆う、仮面の上部から伸びる白い毛皮だ。阿字の髪の毛はすっぽりと毛皮に隠れて見えなくなっている。

「流石狗神様、と茶化すと、犬の口から見える口元に恥ずかしそうな笑みを浮かべて、やめてよー、と阿字は笑った。

　成る程、この何とも言えない神々しさは、村人に畏敬の念を抱かせるわけだ。

　畏敬、恐れ、と単語を連想し、私は唐突に阿字に尋ねてみた。

「お婆さんと本家の人達の関係って……どう？」

「どうって」

「ほら。わざわざ離れて暮らすくらいだから……不仲なのかも、って思っちゃって」

不躾な質問をしているとは思ったが、先程の響子さんが一瞬見せたあの表情を見て、訊かずにはいられなかった。すると、阿字はあっさりとそれを否定した。

「少なくとも、私達本家の人間が嫌ってるってことはないよ」

彼女は、私の顔を見ずに真っ直ぐ前を向いて、そう答えた。何か隠しているようにも見えるというのは、邪推が過ぎるか。

蝉時雨は、得体の知れない私の不安を掻き立てる。今も私の手元にある仮面が、瞳のない目で私自身を見返してくる気がする。それを被っていた森の中でさえ、私自身のつけている仮面が私を観察しているような、言いようのない不安。

それは、今でも続いている。

## 八月十二日　午後十時二十一分　宿

何を話したらいいのか、頭の中で整理がつかない。現実味がない。

それなのに、得体の知れない不安ばかりは確実に私と、村の住人達の心を蝕み始めている。気分を落ち着かせたいので、急ぎ時系列に書き留めることにする。思い出せる限りを書き連ねたい。

たゆら屋の方に夕飯の有無を尋ねると、今日は用意できない、村祭りの露店で用を済ませてくれと言う。見れば二人とも、ひょっとこや狐の面を頭に引っ掛け、いつでも顔を隠せるいでたちで外出の準備をしていた。成る程もっともだと、私も阿字家から貰った仮面を手に宿屋を出た。宿屋の夫婦は、匂い袋に紐を通して首から提げる。私は単純に虫除けスプレーを入念に振り付けて準備を済ませた。

宿を出て行き交う人々を見ると、やはりそれは何処にでもある祭りの風景に似ている。何処でも見られる、或る夏の光景だ。

一つ違うのは、往路でありながら皆の頭や顔に仮面が引っ掛けられているという点だろう。子供は漫画やアニメのキャラクター、大人達はひょっとこや狐などの定番、中高生らしい学生達は少し洒落て、能面や東南アジアの土産物のような雰囲気の変わり種。

祭りからの帰りでもないのに、皆が顔を隠している、または隠そうとしている。

私は、まばらに一方向へと歩いていく人の流れにまぎれ込み、昨日の昼間見た広場へと向かっていく。

徐々に日は暮れ、西の空が昨日と同様に橙色に染まる。空は黒と紫が毒々しく混じり合い、それでも村人はそんな頭上に広がる色合いよりも、これから始まる二十年に一度の祭りに胸を躍らせて進んでいた。

昨日の昼間に見た時はそこそこの広さがあったと思えた広場は、しかし大人数の参加者でひしめき、狭く感じる。広場から続く石段はその両脇に行燈（あんどん）が一定間隔で設置され、茂みと木々に覆われた丘を妖艶に、しかし何処か不気味に照らし上げていた。

何処を歩いたらいいのやら、下手をすればまるで分からなくなる。特に、私は背が高くない。人に揉まれながら半ば強制的に歩かされていた現状だったから、大声を掛けてくれた鵜飼さんが居なければ、途方に暮れていたかも知れない。

最初は、誰か男の人が私の名前を呼ぶのを耳にして戸惑うばかりだった。何せ、広場にいる人は誰も彼も、仮面で既に顔を隠してしまっているのだ。声もくぐもり、一瞬で誰の声であるかを判別するのは少し難しい。顰めっ面の天狗の面を被っていたのであれば尚更、あの気さくな顔立ちをした男性と同一人物であるなどとは及びもつかない。

何とか鵜飼さんを見つけて、私は人混みを縫いながら息を切らせて彼の元に辿り着くことができた。鵜飼さんは、広場を囲む木々の内、一本の傍に立っていた。虫を過度に避けようとする村人のお陰か、背中を預けられそうな木々の周りにはあまり人が居ない。しかも広場の少し高い位置に生えているので、背の低い私でも大体の広場を見渡せた。寧ろ立ち入り禁止な場所なんじゃないかとも思ったけれど、特に誰にも何も言われていないので、私は何も訊かずにおく。

鵜飼さんはちょい、と面をずらし、微笑みながら私に尋ねた。

「今日の成果は、どうでした？」

一瞬何のことかと思ったが、すぐにそれが昼間のフィールドワークの話だと分かり、私は一息ついてから自分の発見した成果を、かいつまんで鵜飼さんに伝える。生物相の異常性と多様性について、そして彼らの全てが共存可能な生態を維持している、自然的でありながら人工的な生物環境が生まれていることを。

鵜飼さんは私の報告に微笑みながら頷き、そして「じゃあ私からも報告しようか」と無邪気な声で言った。

私は鵜飼さんの了解をもらってから、スマホを使ってその報告を録音した。

『祭事の準備で村人の多くは忙しかったが、年長者や一部の大人達から、奉森教についての話を聞いた。中には、奉森記の写本を持っている者も何人か居たらしい。一番興味深い、というよりは奇妙だったのが、奉森記の内容についてだと言う。

またですか、と言うと、今度はまた新しい発見だ、と鵜飼さんは答える。

「村にコピー機がないから、私は昨日の時点で奉森記の話をまとめたものをノートに書き写したんだがね。どうにも、内容に温度差がある」

言葉の意味を尋ねると、細部、若しくは大きな部分で原典と差異がある、と鵜飼さんは答えた。

例えば原典には、九人の亡者が村を襲うも、大神がそれを食らい村人を救う話があるのだが、村人の写本や口伝と照らし合わせると、人数が七人になっていたり十二人になっていたり、或いは村人の三割近い犠牲を出した末に亡者を討ち倒す物語になっていたり、はたまたこの話そのものがなかったりといったケースまであったという。複写された本や口伝によって、そうした齟齬が多いのだと。

ただの昔話物語であれば、語り継がれる度に内容が変遷していくのは特に珍しい話ではない。だが、問題はこれが奉森教の教典であるということだ。大神の御業を讃える大元になる、教義を信者達へ共感・共有させることを目的とした書物の内容が原典と異なっていたら、それは教典としての意味を成さない。

奉森教は非常に珍しい土着信仰であると同時に、とても奇妙で懐疑的なものだ、と鵜飼さんは頭を抱えながら言う。江戸期に入ってから本格的に信仰された宗教にも拘わらず、この村ではそれが仏教をも凌ぐ宗教として成立し、そして村民の生活行動原理にまで根を張っている。なのに、根幹がその機能を果たしていない。どういうことだろうか、と。

また、奉森記全体としての疑問点も浮き彫りになった。

宗教、特に仏教とは死後の人間の姿を描き、現世の道徳や生き様を戒め、人々の行動を律し、秩序を維持するために生まれたものだ。だから社会情勢が不安定な新興国では、より宗教に傾倒する人口比が先進国に比べて多い、というデータもある。

つまり、仏教に成り代わって人々の支持を集めるためには、仏教に代わる死生観を補う教義や哲学性を内包する必要があるのだ。

だが奉森記の記録は、奉森教の教義を直接的に補足する内容は少ない。寧ろ、何処か取ってつけた感すらある。何故なら、奉森記の記載内容の多くは、村を守護する大神と、村に忍び寄る脅威との戦いを描いた物語が大半を占めているのだ。

「これは、日本と同じく多神教の、ギリシャ神話に近い。これは昨晩私が話した通りだね。ただの神話では宗教に代わる大きな力には成り得ない、って。日本の古事記が宗教にはならなかったように。そして奉森記に出てくる大神も奇妙だ」

曰く、神様と言えば現代では博愛主義で全知全能な存在を思い浮かべるかも知れないが、元々日本的な神と言えば、必ずしも人間の味方をする訳ではない。信仰というよりは畏怖の対象であり、全国に神を祀る神社があるのは、人々が感謝の意を表すためのものではなく、寧ろ祟りを恐れて地鎮をするための施設であることの方が一般的だ。「お供え物を捧げますので、どうか祟らないでください」というわけだ。

奉森記に出てくる山の神の遣いである大神は、途中で一度その本性を晒すものの、基本的には終始見返りを要求しない。奉森記全体を通じて語られる寓話的な要素も、特段見受けられない。

やはり、これは日本的な昔話として見てもかなり珍しい。

「何か、単なる仏教の代替ではない、別の目的があって生まれた宗教に思えるんだな、私には」

鵜飼さんはそう言って、「だから奉森教が偽りの宗教だったとしても、私にとっては非常に価値のある研究対象になるかも知れない」と嬉しそうに語った』

「もう一つ、例を見せましょう」

ほら、と鵜飼さんは広場中央に設けられた櫓を指差した。私はその先にあるものを見て、アッと小さな声を上げた。

小面や翁面を被った男女が、白と黒を基調とした独特な衣装を身に纏い、緩やかな舞を踊り始めたのだ。それと同時に、それまでざわめいていた群衆が徐々に声を落として息を潜め、ただじっとその様子を見守るようになる。

能面をつけた男女達が持つ神楽鈴が、一つの動作毎に揃って「シャン」と透き通った音を立てる。その舞と鈴の音に合わせて宮太鼓と平胴太鼓の音が静かに重なっていく。

やがて、櫓上部を覆っていた白い布が、スルスルと巻き上げられていった。

そして櫓の上に、誰あろう、阿字蓮華その人が鎮座している。昼間に見た、顔の上半分を覆う白い犬の面と毛皮で頭部を隠し、群衆を見下ろしていた。

同時に詠い上げられ始めた祝詞に合わせ、阿字はゆっくりと立ち上がり、そして舞いを始めた。その一連の儀式的様相は、普段慣れ親しんでいない光景ということも相まってとても神々しく思える。

そんな、或る種張り詰めたとも言える空気の中、天狗の面で顔を全て覆った鵜飼さんは私に顔を近付け、小声で話を続けた。

「今までの私の話を踏まえて、気付いたことはありますか？」

いかにも大学教授然とした問いだった。私は少しだけ戸惑いながらも、分かりません、と正直に答えた。鵜飼さんは続ける。

「私が一番疑問に思っていることを、この光景が端的に表しています。ほら、櫓の周りで踊っている方々がつけているのは何ですか？」

能面です、と答えると、鵜飼さんはウンウンと頷き、続いて櫓の上で舞を踊る阿字を指差した。

「彼女はどなたで、何のお面をつけていますかね？」

「友達の阿字蓮華……狗神の家の嫡子で、白い犬の仮面と毛皮を身につけてます」

疑問に思いながら答えるも、鵜飼さんが何を言いたいのかは分からない。すると、鵜飼さんは興奮を抑えた声で言った。

能楽は江戸時代から生まれた呼称で、起源を辿ればもっと以前から、そして観阿弥世阿弥の時代から言えば十四世紀に誕生した伝統芸能だが、仏教さえも排斥していたこの犬啼村で能楽・猿楽の文化があったと考えるのは難しいし、舞台さえも整っていない。

なのに、奉森教の中心に立つ狗神の従者は能面を儀式の中で使用している。それこそ伝承や伝説に倣い、その記述に基づいた仮面で顔を隠すように伝承した方が、教義の普及には合理的だ。

鵜飼さんはそう言った。では、何故そうしなかったのか。

「信仰による救世と布教を目的とした宗教ではなく、始めから何かの収益性を求めて作られた宗教だった、という可能性は考えられませんか？」

阿字が、ゆったりと舞を踊る。鈴の音が、蝉の音や虫の音に紛れて透明な音を立てる。

「そもそも阿字という名字ですが……平民が名字を名乗ることを許された時、彼らがどういう基準で名字を名乗ったかは分かりますか？」

「土地由来が多いと聞きます」

「そう。山と田園が広がった場所に居たから山田とか、河川の近くに住んでたから河野とか。何か、名字には理由があるものだ。そして、阿字という名字だが……『阿字』っていうのはね、梵字由来の言葉なんだ」

その言葉を聞き、私は背筋がゾクリとした。鵜飼さんは続ける。「詳しく説明すると複雑になってしまうからしないけれど、まあ、密教では阿という字の中に宇宙の全てが含まれ、原理そのものが現れる、とする概念を示す言葉なんだが、今はそれはどうでもよくてね。問題なのは、梵字由来の名字を持つ人が、何故他宗教を排他する土着信仰の中心人物の名字として赦されているのか、ということだ。これもやはり奉森教がまがい物である、という仮説を立てることで証明されてしまう。だが、まがい物っていうのはとても便利で卑怯な定義なんだよね。それは、研究者である君も分かると思うけど」

そうだ。嘘である、という言葉で問題を片付けるのは、いつだって容易なことだ。

だが今私が不気味さを感じているのは他でもない、そんなありとあらゆる文化と歴史のツギハギのような偽りの宗教を作り、その目的が、誰かの企てた何かしらの営利目的である、という人間の業の深さに戦慄したのだ。

阿字はそんな業のために人生を囚われ、束縛され、そして未来を奪われているのか？

暴きたい。阿字を助けたい。

そんな強い願望がふつふつと湧き上がった、その時だった。

……厳かな舞台に、女性の金切り声がこだました。

だが一瞬、その場に居た誰も即座に反応ができなかった。人の上げる悲鳴と言うよりは、鳥の泣き叫ぶ声に近かったからだ。

「ああ、ああ！」

続けてその女性の声が聞こえて、ようやく皆がざわつき始める。舞も楽器の音も、虫の音まで静まり返る。

そうしてざわめきだけが広がり始めた時、広場から神社へと続く石段の中程の茂みから、女性が一人飛び出した。

一人、また一人とその女性の存在に気付き、よく見ようと各々がつけていた仮面を外し始める。

私も、仮面を外して遠目にその女性を見た。

山から逃げてきたのだろう、顔は泥で汚れ、枝か葉で切ったのか、腕や頬に細かい切り傷がある。髪はボサボサで、衣服は所々が引き裂かれたように破れていた。ざわめき、徐々に満身創痍な彼女の身を案じる人が一人二人、と助けに行こうとした時、女性はまた叫んだ。やはり「あーっ、あーっ」と、悲鳴とも獣の威嚇とも取れる奇妙な声を上げ、「来る、来るよ!」と意味の分からないことを叫んでいる。

何が来るというのか。腹の底から狂ったような大声を出し続け、そのあまりの異様さに、彼女に近付こうとした者は皆、金縛りにあったように動けないままだ。

やがて女の叫び声は、何故か狂気を孕んだ笑い声に変わっていく。安堵や喜びから来る笑いではなく、あまりにも異質で恐ろしい状況に耐えかねた時に生まれてしまう、諦観の笑い声。

私の耳に、あの笑い声はまだ残っている。きっとこれからあの笑い声を忘れられないだろう。

その後の彼女の行動と共に。

ハッ、として振り返り、日が完全に沈んだばかりでほとんど何も見えなくなったその茂みの中に、彼女は何かを見たらしい。

今までとは比べ物にならない悲鳴を上げ、彼女は、急な境内の階段を一気に走り下りた。身の安全など一切考慮しない、ただその場から一刻も早く離れることだけを目的としたその走り方で、当然彼女が足を踏み外さないわけがなかった。

全速力で走った速度のままに、女性は階段を頭から落ちる。群衆から悲鳴が上がる。落下速度はなかなか落ちず、吹っ飛ぶように彼女の体は何度も石段に叩き付けられ、転び、血を流す。

八月十二日　午後十時二十一分　宿

あり得ない方向に腕や足を曲げ、石段の一番下まで落ちて、彼女はようやく止まった。行燈の明かりに照らされる彼女の体から、ジワジワと血が流れ出す。

軽い恐慌状態に陥った人々は一目散に女性から離れ、何人かは落下した女性に駆け寄り、安否を確かめようとした。彼女は、ピクリとも動かない。

私は止めていた呼吸を、鵜飼さんの呼び掛けでようやく再開させることができた。汗が身体中を流れ、足がガクガクと震える。

怖かった。日記を書いている今も、恐ろしくてたまらない。なのにあの時、私は関節を不自然に曲げて横たわるその女性から、目を離せなかった。


とても祭りを続行できる状況ではなかった。駐在員さんが簡単に現場の保護と、事件当時の聞き取り調査を行っている間、一人、また一人と村人は自分の家へ帰っていく。私の精神状態を気遣ってくれた鵜飼さんには申し訳ないが、私はその時、その場に残った。祭事の中心人物の一人である阿字が、運営責任者の一人として駐在員に事情聴取されなければならなかったからだ。彼女を残してこの場を去ることはできなかった。

突然出現した、一人の人間の不幸は、多くの人間に影響を与えた。その不穏な空気は、人々の心を縫い合わせながら伝播し、波及していく。

村全体が包まれている重苦しい空気に、私の心は落ち着かなかった。

小一時間ほどして、ようやく阿字は解放された。村の外部から警察がやってきて本格的な捜査が始まるのは、朝方になるらしい。警察としては、獣か暴漢に襲われた線で捜査を進めるそうだ、と阿字は声を潜めて私に教えてくれる。彼女の父親の運転する軽トラックの荷台で揺られながら、私達は多くを話さず、ただ座して沈黙した。それでも、タイヤが砂利を蹴散らす音だけが響く夜の帳（とばり）に恐れを隠せず、私達はぽつりぽつりと言葉を交わす。だが、この状況で出し抜けに明るい話題をすることも却って憚られ、結局は死んだ女性の話になる。

「誰だか、知ってる？」

訊くと、阿字は頷いた。霧吹山（村の中心部に近い場所に位置する小山の名前らしい）の麓に広がる住居の一角に住む、金山という女性らしい。独り身の三十代だが、気さくで、子供達からは懐かれていると言う。彼女を悪く言う人はおらず、もし警察の言う通り暴漢の仕業だとして、それをする人間に心当たりなどないそうだ。

では、獣だろうか。だが、これにも阿字は首を振った。人を襲うような獣と言えば熊や猪くらいのものだろうが、前者は村の近辺には生息していない。そして前者であろうと後者であろうと、襲われた女性が姿を見せたのにそれを追ってこず、広場に居た村人達の前に姿を現さなかったのは不自然だ。

他に人を襲いそうな獣と言えば、犬だろうか。野犬か、考えたくはないが何処かの飼い犬が逃げ出して金山さんを襲ったとは考えられないだろうか。

だが、阿字はこれまでで一番激しく首を振って否定した。理由を問うと、彼女は重苦しい声で答えた。

「この村で、犬を飼っている家は一つもないわ」

犬を飼うことは、許されていないの。阿字はその言葉を最後に、抱えた膝に顔を埋めて沈黙してしまった。

阿字家に到着し、阿字は家の中に戻る。私は、一人の夜道は危ないだろうと阿字のお父さんに宿まで送ってもらうことになった。阿字家に泊まる話も検討されたが、宿に残した荷物が気になる。また、スマホが使えない僻地では互いに連絡が取れない以上、宿に帰ったであろう鵜飼さんに余計な心配をかけるわけにもいかない。

しかし警察が検証と調査にやってくるのであれば、予定通り明日に帰宅することは叶わないだろう。そうなると宿泊費の問題もあるので、明日以降は厄介になる、と私は頭を下げ、そして別れ際、阿字の手を握って彼女を落ち着かせた。

途端に、阿字はボロボロと涙を流した。軽トラックの荷台で固く心を閉ざし、櫓の上で気丈に振舞っていた狗神様は、今は居ない。父親の前で見せなかったか弱い、一人の女性としての姿がそこにあった。

祖母の他には私だけしか信頼できない、と彼女は小さな声で私に言った。

再び出たその言葉の真意を掴み損ねたまま、私は時間に追われ、彼女の父親が運転する車の助手席に乗る。

何もあのタイミングで言わなくても、とは思った。遠回りに、自分の父親さえも信用できないなどと。私が、宿に着くまでの十分近くの間、夜道を運転する彼女の父親と居るのはかなりキツい。ただでさえ話しにくい相手だというのに。

そんな中で、砂利道を走る車の振動に紛れて、阿字の父親が小さな声で訊いてきた。

「疑問ですか？」

何を指して尋ねた言葉かは何となく分かったが、それを指摘する事などできず、私は適当にとぼけた。すると、彼は静かに答えた。「娘が、母……娘の祖母ですが……母以外の家族を信用できないという、その理由についてです」

どうにも聞いて欲しいと言いたげな口振りだったので、私は流されるまま、しかし躊躇いがちに肯定した。すると彼は、訥々と話し始めた。

狗神としての跡取りを、阿字の姉である桜に任せるべく、両親は彼女を手塩にかけて育ててきたという。その間、次女である蓮華に構うことができず、彼女は仮面を被っては山の中に入り、祖母の元へ遊びに行っていたそうだ。自然と彼女は、お婆ちゃん子になっていた。

或る日、小学校に上がった頃。山の中の祖母の家から戻ってきた阿字は、突然両親に激怒した。一週間以上もの間、ただ泣き叫ぶだけで理由を話さなかった阿字からようよう話を聞けば、「おばあちゃんが歩けなくなったのはお父さん達のせいだ！」と喚くのだった。

「全てが言いがかり、というわけではないんです。ただ、口はばったいことを申し上げますが、母にも原因はあった」

そう言って阿字の父親は、少し別の話を始める。

桜が生まれた時から、彼女には狗神の後継としての英才教育が始まった。狗神当主としての生活は、全て律され、あるべき姿が望まれる。勿論、まだ物事の道理や道徳を理解し切れていない幼児にそうしたことを教え込み、全て御し切るのは不可能だ。だからこそ、禁則事項を破れば、桜にも蓮華にも、同じように罰則を課した。

子供への罰や仕置きというのは阿字家に限った決まりではなく、犬啼村の家庭では一般的な行為だった。そしてそれ故に、お仕置きにも共通の事項がある。その中で一番大きな罰が、『お参り』だと言う。

『お参り』とは、村外れにある慧慈山（けいじさん）（私が虫を取りに行った山だ）の麓からのみ入れる山道を歩いて一時間弱進んだ山奥にある、と或る場所に行かされることだ。そこへ悪さをした子供を送り出すことが、子供に対する最も重いお仕置きであるらしい。

「行くだけ、ですか？」

「行くだけです」

その場所は、一目見ただけで他と明らかに何かが『違う』と感じ取れるらしい。匂いや音、風の冷たさ、あらゆるものが、その場所を境に通常と大きく異なっているのだと。

「理屈じゃないんですよ、あれだけは。村の子供は皆、山の中で遊ぶ経験を必ずしますから、普通の場所とそうじゃない場所が感覚で分かるんです」

「そんな『本来行っちゃ駄目な場所』なんて、それこそ子供が遊びに行ってしまいそうな場所ですけどね」

「ええ。ですから、高校を卒業して初めてその場所を知る子供がほとんどです。実際に罰として行かされる子供は少ないですし。小さい頃から子供を叱る決まり文句として『お山に行かせるよ』という言葉があって、それで大抵は皆、萎縮します」

言いふらしたりはしないのかと問うと、あまりの異質さに、例外なく、そこへ行った子供達はその場所の話をしなくなると言う。

「私も、そうでした」

意味深なことを言う阿字の父親の過去については、詮索しないことにした。彼は続ける。

ともかく、皆の模範とならないといけない阿字家の子供は、特に厳しく律せられた。桜が狗神としての教えに強く反発した時も、例外ではなかった。彼女はまだ五歳にも満たなかったが、懐中電灯の明かり一本だけを頼りに、夜の道をひたすら歩かされたのだという。

「孫に特に目を掛けていた母は、激怒してすぐに山に向かいました。誰も付き従えず、仮面も被らず、たった一人で」

だが、どれだけ経っても二人は戻らなかった。慌てて一家が総出で山狩りをするべきかと協議していた真夜中に、泣きべそを掻いて桜が戻ってきたのである。彼女は両親に抱きしめられながら、しゃくり上げた声で答えたらしい。

「おばあちゃん、もう戻らん」

聞けば、慧慈山の二合目辺りにある、随分昔に住む者の居なくなった山の中の一軒家に篭ることにした、と突然の別居を宣告されたらしい。曰く、家長である自分には形ばかりの連絡や同意を求めるばかりで、実際は他の者が決めたことばかりを実行している。更には家柄やお役目に囚われるあまり、孫まで危険にさらす。そんな家にはもう居られない、と。

本家に戻るよう、それから何ヶ月も家族が説得に向かった。だが、祖母は家族との決別の意思を揺るがせず、しかし狗神としての血筋を守る先代当主としての権力は固持したまま、桜と蓮華を自分に従わせた。

そんな孤独の家に住み始めた響子さんは、いつしか足に大きな怪我をした。誰にも怪我のことを話さず、家に篭もって暮らしていたため、彼女が満足に歩けなくなったことを知ったのは、怪我からしばらく経ってのことだった。

何故怪我をしたのか、全く立てないわけでもないのに何故誰かの居る前では立とうとしないのか、詳細は誰も知らない。桜は山から帰って以来恐怖から何も覚えておらず、何処かのタイミングで祖母の足を見たはずの妹は、その詳細を黙して語らないままだ。

「母の態度は、完全に隠居老人の当て付けとしか思えませんでした。実際規則に従って、決まりごとや村全体に関わることは全て母の別居先にその都度行って報告をしていますが、そんな時は満足そうな顔をしています。自分は絶対に隠居先から出ずに、必ず私達に来させる」

家の規則としきたりを誰よりも理解しているはずの彼女が、本家に立て付く。それ自体が、彼らにとっては快いことではないと言う。だが、桜も蓮華も、祖母を信頼していた。行く行くの当主であるが故、娘達も祖母もないがしろにはできなかった。

そこで私は一度話を区切り、疑問を口にした。

「奥様……蓮華のお母さんは」

今日に至るまで、蓮華の母親に出会っていなかった。話の中にも、前代当主であるはずの彼女が話に出てこず、女が当主になる狗神の家に、昨日も今日も母親が居ないのが不自然に思えた。

「蓮華が生まれ、桜が次世代当主としての器に足る人間になると判断された頃、蒸発しました」

さらりと言われてしまい、私は当惑する。辛うじて「すみません」とは言えたが。父親は首を振って答えた。奥さんが居なくなったのも無理はない話だと。

彼はこの村で生まれたが婿入りなので、狗神の家の内情を知らなかったそうだ。奥さんには兄が三人居たが、皆村を出て、女であり次期当主だった奥さんだけが残った。

それはつまり、阿字の祖母は、女が生まれるまで子供を産まされ続けたということ。この村で女として生きる以上、人としての生活は保証されないのだということを示す。

だから或る日、奥さんは家族も家も何もかもを捨て、村を逃げ出したのだと。

阿字が、同じ女性として頼れる存在をなくし、あの家に一人で居るという事実を改めて認識する。そして自分も、母や祖母と同じ道を歩くことを知ったのは、大学を卒業して帰郷し、狗神としての人生を教えられたその時が初めてになるのだと、この時ようやく気付いた。

「桜は山の中で、崖から落ちて亡くなりました。蓮華には、とても辛い思いをさせています。これからの人生、自分と桜、そして阿字家の名前を背負いながら、一生を狗神として生きてもらわなければならない。男である私は、そんなあの子を救ってやれない」

だから娘は、阿字の人間でありながら狗神としての責任を負わない私に、敵意を剥き出しにしています。父親はそう言って、阿字が怒っていた理由についての話を終えた。

最後に、「こんな私ですから、あの子と仲良くしてくださってありがとうございます」と礼を言われて。

宿の前まで送ってもらい、私は阿字の父親に丁寧に礼を言い、部屋に戻った。宿の老夫婦が、今日は屋台で何も食べられなかっただろうから、とおにぎりを二つ、大根の味噌汁と共に出してくれた。

鵜飼さんと話をしようかとも思ったが、何を話していいか分からず、私はただ部屋に戻ってこの日記を書くに留める。あまりにも、自分の理解と日常を超えた一日だった。

獣か暴漢かはまだ分からないが、この村には何がしかの脅威がまだ潜んでいる。

蚊が多い。蚊取り線香をもらいに行きたいが、宿屋の夫婦はもう寝てしまっている。明日、都合してもらおう。

# 八月十三日　午前五時四分　宿

（宇津木注・他のページに比べ字が乱れており、判別が難しい箇所があります。なるべく辻褄を合わせるように、助詞や副詞、接続詞を私なりに補足しております）

急いでメモ代わりにしたためる。自分の体験したことが、現実味を帯びていない。

蚊取り線香も香も焚いていないせいか、何箇所か蚊に刺されて寝付けなくなり、夜半に目が覚めた。夕方に見た、一人の人間が死ぬ光景が目に焼き付いて離れないというせいもあるけれど、直接的な原因は蚊だ。

だが、原因は他にもあった。

真夜中に物音で目が覚めた。午前三時かそこらだったと思う。私が寝ている部屋の外から、しかし確実にすぐ近くから、奇妙な音がしたのだ。何の音だろうと気になり始めると止まらず、私は布団から体を起こし、寝ぼけた頭を徐々に覚醒させた。そうして耳を澄ませると、宿の面した道から聞こえているわけではない。もっと近い場所から、聞こえていた。

その物音は振動となり、床についた私の掌を伝わってきた。弱々しい月光の差し込む暗い室内が、不安を煽る。私はそっと布団を抜け出して、音がするらしい方へ、素足で畳を踏みしめ歩いた。

そうして、壁にゆっくりと耳をつける。

音の正体は、どうやら足音らしい。だが、忍び足で歩いているのか、その音は余程注意して聞かなければ分からない。

けれど、ふと気付く。鵜飼さんは三つ離れた部屋に泊まっているはずで、私達以外に客は居ない。一体、隣室には誰が居るのだろう。しかもこんな夜中に、部屋を歩き回るだなんて。

もっとはっきり音を聞き取ろうと、体全体を壁に押し付けようとした。その時、私は誤って記録帳を踏み付けてしまった。日記帳と並行して記録していたが、日記を書いている途中で畳の上に放り出したままだった。私の体重の半分が乗った畳の上のノートはよく滑り、私はバランスを崩し、勢い良く片膝を床に突いてしまう。

ドン
静謐な空間に、音はとても大きく響いた。隣の部屋にも聞こえてしまうであろう程。

隣室の足音は一瞬、完全に沈黙した。私は、はやる鼓動を鎮めようと、深く呼吸をし、身じろぎせずに耳を壁につけたままジッとしていた。

次の瞬間だった。

ドドドド、と複数人の足音が一斉に移動する音がはっきりと聞こえた。それは隣の部屋の戸を引き開ける。

来る。直感的にそう感じた。ブワッ、と一気に身体中から汗が吹き出した。私は、何かとんでもないものの音を聞いてしまったのだろうか。部屋の鍵は掛けているはずだが、果たしてそれを壊してでも部屋に入ってくる相手だったら？

昨夕、金山さんを襲った相手が暴漢の可能性がある、という話を思い出した。私は自分でも驚く程の速さで布団に潜り、掛け布団を被り、入り口から背を向ける形で横になり、目を瞑る。そこからは、身じろぎ一つしないと固く誓って。

カタカタ、と部屋の戸を揺する音がした。振り向きたくなる衝動を必死になって押さえ込み、私はただひたすらに目を瞑った。ごく自然に、リラックスした表情で、穏やかな心持ちで……。

方法は分からない。だが、ひとしきりカタカタと揺すられた戸は、やがて静かに開き、招かれざる来客を迎え入れた。枕に押し付けた片耳が、部屋に侵入した足音を聞き取り、確信する。相手は、複数人だ。

ぞろぞろ、ぞろぞろ。

ゆっくり、ゆっくりと彼らは入ってきた。足音を殺して歩いている様子だったが、それでもはっきりと複数人の足音が伝わった。畳を歩き、部屋をじっくりと煉(ね)り回る。私を警戒しているのか、ゆっくりと、私を中心に円を描くように歩いた。何人もが無言で、ゆっくり、寝ている私の周りを歩いている。

しばらくそうしてじっとしていたが、やがて私は一つのことに気付き、一層恐怖を覚えた。

侵入者達はどうやら遠巻きに私を観察しているらしいのだが、その動きが異常だったのだ。一人が足を止めると全員が止まり、一人が歩き出すと他の者も動き出す。

音の響き具合からして、どうやら全員が全員、同じ動きをしているらしいと。

心臓が早鐘のように鳴る。流れる汗が止まない。果たして今の自分は自然に眠っている振りをできているだろうか。

足音が近付いた。私の寝ている布団のすぐ傍に、彼らは佇んでいる。

彼らは、私を取り囲んでいた。

一人が、私に顔を近付ける気配がする。相手の顔が、私の寝顔のすぐ近くまで近付いているのが分かった。彼らは、何をしていたのだろう。何かを、確かめているようだったけれど。

その時、一層の恐怖が私の体を駆け抜ける。間違いなく相手は私の顔を覗き込んでいる。僅かに生まれる物音の全てが、どうしようもないくらいにその事実を伝えていた。

なのに、鼻息が全く顔に掛からなかった。

よく耳を澄ませば、大人数が部屋に居るのに、呼吸音が全く聞こえない。

泣き出しそうになる声を必死に飲み込み、震えそうになる体を押さえ込んだ。

いつまでそうしていたか、しばらくして、彼らはやはり足並みをそっくり揃えて部屋を出ていった。そぞろに意味不明な言葉を口にしながら。

私は結局目を開けることはできず、さりとて眠りに就けることもないまま、夜を明かした。

あれは誰も居ない隣室で、何をしていたのか。

何かを探しているようだった。何を？　私が起きていると知ったら、連中は私をどうしたのだろうか？

そしてあれは、そもそも何だったのか。

科学的でも論理的でもないが、人とも獣とも違う、何かに思えた。勿論、こんな馬鹿げたことは誰にも言えない。例え阿字にも。

空が白み始めた先程、扉を確認すると、鍵は間違いなく掛かっていた。侵入した連中が各部屋のマスターキーを持っていたとしか考えられない。だが、これを宿の主人達に話すべきだろうか。私自身が体験したことがあまりにも現実味を帯びておらず、説得力がない。何より、荷物を調べてみても、金目のものも私物も何一つ、盗られていないのだ。

廊下の窓を見ると、窓枠が汚れている。土汚れらしい。窓を開けて、地上と宿の外壁を観察した。宿の裏側に面するそこは少し進んだ先が崖になっていて、勿論道などない。崖下は小川が流れている。と、外壁に真新しい泥が付着しているように見えた。通りに面していないせいもあって手入れがされておらず、汚れた建物の壁に泥が付いていても見えにくいのだが、目を凝らすと確かに、乾いた泥の跡が残っている。

ロープか何かを使って壁を登り、この窓から侵入したのだろうか。あの呼吸音さえさせない一糸乱れぬ動きを実現させているなら、そうして宿の主人達や宿泊者に気付かれず侵入することも、可能に思えてしまう。だが、あの足音の人数がここから泥棒のように侵入したとして、不気味であることに変わりはない。やはり、宿の夫婦に尋ねるべきだろう。

ああ、寝不足で頭が上手く働かないし、蚊に刺された痕が痒い。散々だ。

## 八月十三日　午前七時三十六分　宿

やはり怒られた。言いがかりも甚だしいと、特に女将さんは烈火の如く怒ってしまい、これでは延長の宿泊も認めてはもらえそうになかった。村の外からの人間にとってのこの宿の評判など、彼らにとっては余程どうでもいいことだろうから、立場としては私が弱い。奇妙な話だが、精神的な問題を除いて実害が何一つない状況だから、私も強く出られない。釈然としないが、我慢することにした。

念のために、私が居ない間の部屋の清掃は必要ないから、私が出ていくまではそっとしておいて欲しいと言い残す。それも癪に触ったらしいが、これ以上気にするのはやめた。

鵜飼さんは、やはり駐在員さんからの事情聴取の要請があり、宿泊を延長することにしたそうだ。ついでに、まだ奉森教について調べてみるとも言っていた。

私はと言えば、何かしようという気にならない。寝不足に過ぎるので、二度寝することに決めた。

起きて外に出る時は、念のためになるべく私物と貴重品は持ち歩くことにしよう。

# 八月十三日　午後二時二分　村役場待合室

　村役場は、村で一番大きな公共施設だ。普段は、ここで住民達がそれぞれの用を足している他は、老人達の井戸端会議として機能している場所のようである。だが、今ではそれとは別にもう一つの役割を担っている。事情聴取だ。

　事情聴取されたのは、催事を取り仕切った役場の関係者、作業員、猟友会、そして狗神たる阿字家の者、余所者である私と鵜飼さん。

　他の祭り参加者は、恐らくは形式ばかりの聴取と思われる。警察が本当に聞きたいのは、余所者である私と鵜飼さんだろう。

　駐在員の目は厳しかった。被害者である金山さんの遺体を、都市部から派遣された検視官が調べたところ、彼女の衣服からは獣の体毛の類は一切検出されなかったらしい。切り裂かれた衣服からも、唾液や体毛など、獣と被害者を関連付ける証拠は存在しなかった。

　警察官は私を疑ってはいたが、女性であることから激しい暴力は困難と判断したのか、誘導尋問や威圧的な取り調べをされることはなかった。だが、私から何か質問することは許されなかったし、微かな表情の機微も見逃すまいとしている様子と威圧感には辟易する。

家族や学校関係者に連絡されることは、辛うじて免れた。一度は相手が電話を掛けようとしたが、容疑者として身柄を拘束されたわけでもないのに親族へそうした通知をするのは度を越した行動だと努めて冷静に反論すると、彼らは私を睨み、同じ質問を二度三度と繰り返した。本来一時間程度で終わると言われた聴取が二時間弱になったことで、その腹いせの代償は支払われたのだろう。頭に来る話ではあったが、余計な口出しをすることは敵わない。

取調室を出るともう十一時近くになっていて、背もたれのない安物ソファに腰掛けていた阿字が私の姿を見てパッと立ち上がり、駆け寄ってくる。長かったね、と彼女は率直な感想を口にした。私は「当然かもね」と呆れながら返す。

だが、本当に気の毒に思うべきは鵜飼さんだろう。警察には、鵜飼さんは事件と無関係であると繰り返し証言はしたが、昨晩はあの広場に居た全員が仮面を被っていた。昨日今日で知り合ったばかりの仮面を被った相手を本当に本人であると断定できるのか、と警官が質問をしたが、会話の内容は鵜飼さん本人と自分が取り交わした過去の会話がなければできないものだと主張し続けた。それでも、主観的判断に過ぎないと警官は間の抜けた答えを返したのである。

阿字に無理を言って、鵜飼さんの聴取が終わるまでここで待てないか、と持ちかけた。簡単に事情を説明すると納得してくれたので、少し居心地の悪い距離感を保ったまま、私達はただじっとロビーで鵜飼さんを待つ。

「蓮華のおばあちゃんに、このことは報告するの」

「これからしに行く。……私の役目だけど、一緒に来てくれると嬉しい」

そう言ってもらえると、私もありがたかった。

それと同時に昨晩、阿字の父親から教えられた話が頭の中を駆け巡る。

一体、父親と阿字、どちらの話を心から信じればいいのだろうか。

勿論、私は阿字の言葉を全面的に信用する。父親の話から考えるに、彼女が幼少期に響子さんの足を見て衝撃を受けたのは間違いないだろう。だが、その原因が彼女の両親にあるという根拠は、何処から生まれたのだろう。

おばあちゃん子だった彼女は両親の話を信じず、祖母の言葉を信じた。本家に恨みを持つ祖母が阿字姉妹を取り込むために嘘をつき、二人を懐柔したという可能性もある。

一方で阿字の父親は、祖母の理解不能な行動が一家を悩ませると私に愚痴を溢す。子供への教育方針も自分の親に対する態度も変えようとしない様子だ。それでも、父親の話が事実に近いように思える。阿字の「確執は何もない」という言葉を信じることは容易いが、彼女から詳しい話を何も聞いていないのだ。

鵜飼さんが解放され、小部屋から出てくる。私よりも少し早く部屋に入ったはずだから、都合二時間半も部屋に押し込められていた。私と阿字が歩み寄ると、鵜飼さんも私達に気付いて微笑んだ。当たり前だろうが、少し疲れた顔をしている。実際は見た目以上に、疲労が蓄積しているはずだ。しかし弱音は吐かずに微笑む鵜飼さんに、私は丁寧に労いの言葉を掛け、事件については深く触れず、ただ役場から外に出るよう促した。

私達は阿字の運転する車に乗り、慧慈山へ向かう。その車内で、鵜飼さんは阿字に興味を持った。正確には、彼女の肩書きである狗神という役職について。

どんな質問をしていたか、あいにく忘れてしまった。録音をしておけばよかったのだが、唯一鮮明に覚えている会話がある。狗神、という呼称に関してのやり取りだ。

元々狼崇拝をしていた奉森教が、そのまま狼を崇拝し続けるのではなく、敢えて犬に崇拝対象を変えたのには何か理由があるのか、と。阿字が分からないと答えると、代わりに鵜飼さんは、そもそも犬を崇拝する理由の可能性について、幾つかの根拠を示す。

曰く、犬啼村で現在崇拝されている犬は白い犬。現代でこそ特段珍しい存在ではないものの、白い動物は古来、瑞兆（ずいちょう）、そして神の使いとして迎え入れられていたのだと言う。だから祭りに使用した仮面も、白い犬のそれだったのだ。

「仏教的な観点で言えばそもそもは、マーヤが夢に白い象を見て、その象がマーヤの息子、シッタータの誕生を予言したことから始まるんですよ。その他にも、例えば多くの日本民話や説話で邪の化身として描写されることの多い蛇でさえ、それが白蛇となれば瑞兆とされてます。その中でも、白い犬が民話の登場人物に幸をもたらす話は定番となっている。ケントウシ、と言う話は知っていますか？」

日本史で習いましたと阿字が答えると、鵜飼さんはひとしきり笑って話を続けた。

ケントウシとは、漢字で『犬頭絲』と書くらしい。蚕を育てて暮らしを立てていた娘が、可愛がっていた蚕を飼っていた白犬に食われてしまった。娘は大層悲しんだが、或る日、その犬の鼻から大量の糸が取れるようになった。糸を取り切ると犬は死んでしまったが、悲しむ娘の夢に犬が現れ、私を桑の木の下に埋めるように、とお告げをした。それに従い犬を埋めると、翌年から沢山の蚕が桑の木に取り付き、娘は暮らしに困らなかったという。

また、花咲か爺さんと桃太郎に登場する犬も、白い犬である。

少し痺れを切らした様子の阿字が、「何を仰りたいんですか？」とハンドルを握りながら尋ねた。

失礼、と鵜飼さんは言って、

「つまり、狼から白い犬へと信仰の対象を移行させたのは、それがより崇拝の対象として一般的であり、また神々しさ、神聖さをより強く印象付けられるからじゃないのかと考えているんです。考えてみて欲しい。狼が日本から居なくなったから、若しくは定説にあるように、狼を媒介とする病気に罹患する患者が増えたからと言って狼信仰が廃れるようなものだろうか？　多くの人間に信仰される宗教とは、柔軟性があって支えられるものじゃない」

だから柔軟に信仰の対象を変えてしまう奉森教とは、もっと営利的な目的があって作られた宗教なのではないか、と鵜飼さんはハッキリと口にした。

阿字は、何も言わなかった。

いざ、この段階になって私は悟ってしまう。もし鵜飼さんの唱える、奉森教の薄っぺらさが本当だったとしたら。

そんなものに囚われて生きることを強いられてしまった阿字の人生は、どれだけ空虚であることか、と。だからきっと阿字も、そんな宗教を認めるわけにはいかないのだ。

またも居心地が悪くなって、私は窓を開け、まばらに立つ家々が通り過ぎるのをぼんやりと見つめる。

そんな中でちらりと、見知った顔が見えた。父親に手を引かれて俯き気味に歩く少年だ。一昨日、広場の櫓設営会場で粗相をしてこっぴどく叱られていた子供だ。右手を父親に引かれ、左手には仮面を持っている。アニメキャラクターの仮面である。そしてその仮面を見て、私はハッとする。

その仮面は、私が一昨日の夜に慧慈山の茂みの中から見た二人の子供の内、少女が被っていたお面だ。

兄妹だったのだろうか。だとすれば、何故彼は妹の面を手にしているのだろうか。妹は、何処に居るのだろう。

現実逃避にも近い考えはすぐに頭の片隅にと追いやられた。私は今、私と阿字を取り巻く現実から逃避するのに必死なのだと気付かされる。

そうだ。役場で二度目の聴取を終えた私は今、現実から目を逸らそうとしている。順を追って書いていく。

山の中をしばらく進んでから私達は車を降り、仮面を被って細道を歩く。響子さんの家に行くまでの道は、車が通るには狭過ぎた。先程まで燦々と照っていた太陽が、ずんぐりした厚い雲に覆われ、茂る木々の木陰と相乗して視界が一気に悪くなる。何度か蚊に刺されながらも、私達は道を歩いた。

そう言えば、と私は阿字に訊く。響子さんは蚊取り線香もお香も焚かないのかと。すると彼女は、お香の匂いが料理に移って食べられないから、強い匂いのするものは傍に置かない生活をしていると答えた。だから、今の彼女も匂い袋を車の中に置いてきている。先頭を行くそんな彼女の背中に、私の後ろを歩く鵜飼さんが声を掛けた。

「ご本人がそう仰っているのかね」

　対し、阿字は「はい」と答えた。そんな鵜飼さんの声がとても奇妙なものを聞いたという風に聞こえて、私は仮面越しに鵜飼さんの天狗の面を見て、どうかしたんですかと訊く。鵜飼さんは疑問を口にした。

　狗神は代々、女性が当主を担う。当然、家長制度を取る中で響子さんが最上位に位置しているならば、彼女も狗神としての規則や習わしを十二分に理解しているはずなのに、何故自ら禁忌を犯すようなことをしているのか分からない、と。

　すると、阿字がそれに答えた。

「祖母は自分の経験から、旧体制に縛られる生き方は捨て去るべきだと、都度言っていました。私も姉も、その言葉に賛成していたんです」

　それは阿字の父親からも聞いた、体裁やしきたりに囚われてしまった狗神を厭う言葉だった。

　家に到着して戸を叩き、阿字は家に入った。三和土で靴を脱ぎ、ギシギシと鳴る板張りの狭い廊下を進む。そうして、響子さんの居る例の六畳間の前で挨拶をし、ゆっくりと障子を引いた。そこには、やはり回転座椅子に腰掛けて微笑む優しげな老婆が居た。

　鵜飼さんも、そんな物腰の柔らかい表情と仕草に瞬時に打ち解け、すぐに笑い合う仲となっていた。だが私は、談笑をする三人の中に溶け込めずにいた。

顔を上げれば、響子さんの優しい顔がある。だが同時に、一瞬だけ私の網膜に焼き付いたあの鬼のような形相も浮かび上がってしまう。

当て付けですよ、という阿字の父親の声が、いつまでも私の頭の中に残る。

一体、誰が真実を語っているのだろう？

視線の先にある、響子さんの下半身に掛けられているタオルケットを見つめながら、私はただ目を伏せていた。余りにも居心地が悪く、私は耐え切れずに立ち上がり、お茶を淹れます、と小さく声を出す。お客様にそんなことをさせては申し訳ないですが、と体を起こそうとする響子さんを、阿字が止めた。「お祖母様はゆっくりなさっていてください」

昨日お伺いした時に食器の場所を覚えましたので大丈夫ですよ、と私は答え、私はその場を後にした。私も、と言いながら立ち上がり、鵜飼さんも部屋を出る。

土間の食器棚から湯呑みと急須を取り出して、私はコンロでお湯を沸かした。「よかったんですか、来てしまって。響子さんに訊きたい話もあったのでは？」

「うん、うん。そうなんだけどね。毒気を抜かれた、と言うのとは少し違うけれど、何だか、そうするのがいけないことのような気がして……人が一人亡くなった後だし」

「阿字には言ったじゃないですか」

少しだけ腹を立てて言うと、面目ない、と眼鏡を押し上げて顔を伏せ、ついでに視線もちょいとずらした。「本当に学者的というか何というか、知りたいと思ったことを一方的に話したり聞いたりする癖が抜けないものだから。……でもあの人には、そういうのとは別に、どうにも多くを訊いたらいけない気がして……。奇妙な話だけれどね」

その感覚が何に由来するものなのか、鵜飼さん本人にも分からないようだ。だが、そう思わざるを得ない感覚は、私も理解できる。あの形相が、何度も私の脳裏に思い浮かぶのだ。

「先々代狗神様のなせる業かねぇ」

厠をお借りするから、と先にお手洗いに行ってしまった鵜飼さんは待たずに、人数分のお茶を淹れた私はお盆を持って六畳間へと戻る。静かに歩き、床が鳴らなかったせいもあったのか、あけっぴろげに話す阿字と響子さんの会話が廊下に漏れ聞こえていた。この会話だけは、録音せずともはっきりと覚えている。

「お祖母様、そんなこと言わないで……」

声の上ずった阿字を遮るように、響子さんの声が聞こえた。

「蓮華。それでも、それが事実なんだよ」

「違う、お姉ちゃんは……崖から落ちたんでしょう」

「お棺の中は、見せてもらえたかい？　見てないだろう。桜と満足なお別れもできずに、あの子は焼かれてしまったんだろう？」

短い沈黙。響子さんは続ける。「蓮華、お前の母親の時も、家は、あの子にもお前達にも冷たかっただろう。小さくて良く覚えていないだろうけど……。だから、こんな風習終わらせておしまいな。自由になりたいでしょう？　流れに、身を任せるんだよ」

身を任せる。何を言っているのだろうか。

ただ、響子さんのその言葉の響きが不安を掻き立てるものだったから、私は炊事場までそっと歩みを戻し、そうしてわざと大きな音を立てて廊下を歩き、ゆっくりと六畳間へ近付いた。部屋を覗き見れば、やはり響子さんはニコニコとして私を迎え入れる。阿字は私に背を向けて、手で顔を撫でる仕草をして顔を見せなかった。泣いていたのだと気付くが、私は見ないフリをした。

それから世間話をして、そろそろ帰らなければ、という話になった。分厚い夏の積乱雲が更にその体積を膨らませ、青空の全てを覆い隠さんとしている。響子さんの家の周りは木々が伐採され開けているが、この家から山を下りるまでは鬱蒼とした森を抜けなければならない。

それではこれで、と腰を上げた私達三人を、椅子に座ったまま響子さんは微笑んで見送った。

真昼間だというのに、森の中の細道は暗い。車道に出ても、ともすれば懐中電灯が必要になると思えるくらいの薄暗さだ。木陰は想像以上に私達の体感温度を下げ、紫外線に慣れてしまった視界はそんな薄暗がりでも漆黒の闇にさえ思えてしまう。

私は、犬の面を被った阿字の背を追うのに精一杯だった。鵜飼さんも落ち着かないのだろう、しきりに周囲を見回している。

車に乗り込む。三人共、一言も言葉を交わさなかった。蝉の音の雨が屋根を打ち続ける車内で、私は仮面を外して息をついた。

思えば、私は阿字の過去を知らない。姉を亡くして、奉森教に人生を囚われた一人の女性という過去しか知らない。今まで大学生活で家族について話すことはあったが、思えば体良く言葉を濁して話題をすり替えられていた気がする。

そして今、彼女の知られざる過去が、予想だにしない形で徐々に暴かれ始めている。私は彼女の不安を取り除くために犬啼村に来たはずなのだが、本来の目的は徐々に意味を失い、私は私の知的好奇心を満たそうとし始めている。そしてそれは、この村と奉森教に対して感じている恐怖よりも強い。そういう意味では、半ば不躾に相手に質問してしまう鵜飼さんと同じ穴の貉(むじな)と言える。

私は阿字の表情が気になって仕方がなかった。顔色は悪い。だが、悲壮感は感じない。彼女の、仮面に半分隠れた横顔から読み取れるのは、何かの決意を固めた意思をした表情だけだ。しかし何故だろう、私にはそれがいいことだとは思えなかった。

もしも、阿字の過去を解き明かせたら。そして、奉森教が確固たる教義を持たない俗世間的なものであると証明できれば。

阿字は、自由になれるのかも知れない。

響子さんが阿字に言った言葉が、繰り返し私の頭の中を駆け巡った。

森を抜け、暗い道からどんよりとした灰色の空の下に躍り出る。そのタイミングで、私は意を決して阿字に声を掛けようとした。彼女に確かめたかった。この村を捨て、自由に生きる決意はあるのか、と。

だが、その言葉の鼻っ柱は、助手席に座る鵜飼さんの言葉と、彼が指差した先にあるもので折られてしまった。

「あれは、何でしょう？」

人だかりができていた。水田の広がる田園地帯の、畦道の中程に十人近い人だかりができている。皆、何かを覗き見るように顔を下に向けたり、或いは「それ」から顔や体を逸らして近付こうとしないようにしていた。

阿字は眉根を寄せて、近くで車を停めた。私達が揃って車を降りると、人だかりの一人が驚いた顔をして声を漏らす。

「狗神様」

「何があったのですか？」

狗神としての毅然とした物腰で、阿字は歩きながら村人達に問い掛ける。が、彼らは慌てふためいておどおどとするばかりで、ろくに答えが返ってこない。阿字の後に続いて歩いていた私も鵜飼さんも、そのただならぬ様子に胸がざわついた。阿字だけが、堂々としている。

「何を見ているのです」

言いながら、人垣に近付く。が、腰の曲がった老爺が二人、大慌てで彼女の肩を押さえた。「狗神様、力づくなんて恐れ多いことこの上ねぇが、今は、ちょっと……警察の人、ほら、待って……」

私の胸のざわめきは最高潮に達した。思わず駆け出し、阿字を押さえていた村人の脇をすり抜け、そして、それを見た。

死体だ。

また死体があった。それも、常軌を逸している。

まず、死体には首がなかった。首の切断面が露呈していたが、それは切られたというより、何か強い力で無理矢理に引き千切られた、と言う方が相応しいくらい、惨たらしい痕跡を残している。他にも、刃物とは違う何か大きな物に貫かれたらしい大穴が、死体のあちこちに空いており、赤黒い血液が衣服を染め上げている。血液は、他にもそこら中の地面に飛散していた。

飛散しているのは血液ばかりではない。首同様に千切られたらしい腕や脚、体のどこかの肉片、内臓の一部らしいものがあちこちに散らばっていた。早くもたかり始めたハエの音が、気持ち悪い。夏場の気温により、既に腐臭までもが立ち込めていた。

食い散らかされた、という表現が、余りにもピッタリとし過ぎていた。

私は思わず、他の人がそうしていたように体ごと視線を逸らした。口元を押さえ、それでもなるべく新鮮な空気を肺に流し込もうと深く呼吸をする。けれど、死体の潰れた内臓から溢れる血生臭い腐臭が鼻をついたせいで、道端に戻してしまった。あまりの光景に、悲鳴を上げることさえできない。阿字も顔を一層青くして、その場で固まっている。

「これも、暴漢の仕業かえ」

震える声で、老婆の一人が言った。それに対し、もう一人が独り言のように返す。

「馬鹿こけ。人が、こ、ここまで、できるもんかね、こん、こんな……ああ、松さん、可哀想にねぇ……」

私は、彼女達の声を遠くに聞いていた。

そうして役場に舞い戻って、二回目の聴取を受けるまでの間に日記を書き始めてから今まで、昼ご飯を食べていないことにさっき気付いた。けど、食欲は湧かない。

一体、この村で何が起きているのだろう。

# 八月十三日　午後三時十七分　阿字邸

　事情聴取は、今度ばかりは鵜飼さんも手短で終わった。狗神である阿字と、半日ずっと行動していたのだから、立派な証拠になる。何より、顔を合わせた取調官が同じ担当だったものだから、相手としても一日に二回、同じ人間と長時間顔を突き合わせたくなかったのだろう。

　閑話休題。今、この村は未曾有の異常事態に突入している。

　死んだのは、私達が見つけた遺体だけではなかった。村のあちこちで、あまり人が歩かないような寂しげな、または開けた場所で、村人が四人も殺されていたのだ。皆、今朝の朝食時までは至って普通にいつも通りの生活をしていた人間ばかりだった。

　そしてどの遺体にも共通していることが一点ある。どの遺体も、屍肉を食われた痕跡が残っているという点だ。だがそれは、それ以外に目立った共通点がないことも指し示している。或いは千切られ、或いは切断され、或いは頭や体のあちこちを叩き潰されていた。それとも、まだ事件の発覚からそれ程時間が経過していないから、それだけの手掛かりしか見つかっていないだけかも知れない。いや、そうであって欲しい。

　そして、期せずして私はこの事件に際し、この村の様相の一片を垣間見ることができた。

阿字よりも先に私が取調室から出ると、隣の部屋で聴取されている阿字を待つかのように、一人、また一人と彼女の居る部屋の前に人が集まり始めた。高齢者を中心とした集団ではあったが、中には中年らしい男女や、私くらいの年齢の人も居る。そして彼らは皆一様に、人目を憚らず、役場のタイルに両膝を突き、指を組み、祈っていた。

私や他の村人は、呆気に取られてその光景を見ていた。

やがて阿字が取調の部屋から姿を現すと、「おお」「ああ」と彼らは吐息にも似た声を漏らし、顔を上げ、阿字を見る。彼女はと言えば、突然の光景に体を硬直させ、ただ閉めた扉を背にして立ちすくむだけだ。

「狗神様」

「狗神様」

「狗神様」

「どうか、お救いください」

縋り、救済を求める声が波紋のように生まれ、共鳴し合い、響く。阿字は顔面蒼白で、ただ異様なその光景を見るだけだった。

村人は今、姿の見えない脅威に生活を脅かされている。そしてこれがただの獣害とも違う事件であることを、感じ取っている。得体の知れない何か。理解できない何か。そんな恐怖から逃げるために、彼らは自分達が信じる神様を信じ、救われようとしている。より正体の知れない、この村の神とその神話に縋って。

その信仰の様子は、薄寒さを覚える程に不気味だった。

宗教を必ずしも必要としなくなった現代人から見た、これは滑稽な喜劇だろうか。たった一人の、齢二十四を迎えた女性に、村の老若男女二十人近くが、膝を突き、手を組み、悲壮な表情で訴えている。自分達を救え、自分を救えと。

私は夢中になって人垣を掻き分け、阿字の手首を掴んで引っ張る。異常性極まるこの空間に、彼女をこれ以上放り込んではいけないと思ったのだ。だが、彼女の体に触れたその瞬間、老婆の一人が金切り声を上げた。

「不浄が触った、狗神様を汚そうとしてる！　手をどけろ余所者！」

役場の廊下に、甲高い声が響き渡り、反響して消える。そしてその言葉が呼び水となり、膝を突いていた集団は立ち上がり、私に手を伸ばし始めた。

「お前！」

「下がれ！」

「不浄めが！」

叫ぶ民衆から逃げようとしたけれど、恐怖で体を動かせなかった私は、一人の腕に掴まれる。シャツを掴まれ、髪の毛を掴まれ、抵抗も虚しく冷たい役場の床に押さえつけられた。

「余所者が、狗神様に何をする！」

「穢れめ、この穢れめ！　浅ましい！」

「お前が不浄の原因か！」

八月十三日　午後三時十七分　阿字邸

「詫びろ、死んで詫びろ余所者！」

罵声、恫喝。それは私の心を容赦なく踏み躙り、制圧する。誰かが私の顔を叩く。それを皮切りに、誰かの手が、足が、私の体を害そうとした。

「おやめなさい！」

その時、阿字の恫喝が冷え切った廊下に響いた。

もみくちゃにされた私の体を押さえつける無数の手は、その一瞬の一声に恐れをなし、潮が引くように遠ざかる。阿字の声が、続いて静かに響く。

「浅ましいのは、貴方達だ。次にその人に手を出せば、この村に居られなくする」

毅然として断言した彼女の言葉に、何人かが恐れをなし、顔を覆って体を震わせながら、悲鳴に似た吐息を溢す。怒りが伝播した時かそれ以上の速度で、畏怖と苦痛、苦悶の感情が群衆に広がっていった。

これが、森を奉る神を崇める村の姿か。私は絞められた首を押さえ、咳き込みながら体を震わせる。恐怖が生み出した新たな恐怖と、その副産物である怒りを一身に受けて、一瞬見えた死の影が私の背筋を凍らせた。

鵜飼さんが慌てて駆け寄ってくれて、私の体を抱き起こした。口の中が切れた以外には大きな怪我はなかったので、私は体を強張らせながら礼を言い、鵜飼さんから離れようとする。だが、左足を強く蹴られたらしく、すぐにバランスを崩してしまった。結局、鵜飼さんと阿字に肩を貸してもらい、私は役場のロビーのソファに腰掛けることにした。

騒ぎを聞きつけた駐在員の人や警察官が、暴れた村民達に何かを言い聞かせ、怒鳴っている。村人は、ただ涙を流しながらこうべを垂れ、壊れた人形のようにガクガクと頷いて従うだけだった。

現代社会でこんなことが起きるなんて、と私は本音をこぼす。すると鵜飼さんは言った。

「宗教は、後進国程篤く信仰される傾向があると言ったね。だが勿論、理由は後進国だからというものじゃない。経済や生活が豊かでない国程、食料の確保や不衛生、そもそも内乱や紛争のせいで基本的な生命の維持や日常生活を送ることができない。つまり、日常的に生死に関わる不安や恐怖に囚われている人程、神という第三者に縋る傾向が強くなるんだ」

都会に暮らしていても一生に一度も遭遇しないであろう大事件が、この小さな村で立て続けに何件も、しかも異常な形を伴って発生した。確かに、常識的な行動を予測しろという方が不自然かも知れない。

だがこの異常性の中でこそ、阿字は必要とされるのだ。

『自由になりなさい』

姿のない、響子さんの声が頭の中でこだまする。あの人も過去に何かを経験したのだろうか。

鵜飼先生、と阿字が血の気の引いた顔で、しかし覚悟を決めた顔で言った。呼ばれた鵜飼さんは、呆然としながらもそんな彼女の顔を、驚いて真っ直ぐに見た。阿字は言う。

「私は構いませんので、うちで宿泊されませんか？　この状況では……私が言うべきではないかも知れませんが、何が起きるか分かりません」

八月十三日　午後三時十七分　阿字邸

その申し出に鵜飼さんは逡巡したが、やがて無言で頷いた。

そうして駐車場へ向かう道すがら、阿字はそっと「一緒に寝ようね」と年相応の笑顔を私に見せる。だがそれは無理やり笑ったようにしか見えず、痛々しさを感じさせた。私は、ただ同意するしかできなかった。全ては、流されるままに。

流されるまま、と今書いて思い出した。先程響子さんの家で、響子さんは阿字に言った。阿字が狗神の呪縛から逃れ自由になるために、『流れに身を任せなさい』と。

本来、逃げ出すためには『抗う』ものではないのだろうか。物事の時流に身を任せるとはつまり、これから何が起ころうと刃向かってはならない、ということではないのだろうか。

一体、何を思って響子さんは、あんな言葉を言ったのだろう。

そしてあの時、阿字の姉の死因について何を話していたのだろうか。

疑問に思いながら、私と鵜飼さんは荷物をまとめるために一旦たゆら屋に戻り、それぞれ部屋に戻る。

だが鍵を開けて部屋の中に入ると、違和感を覚えた。

荷物をまとめて小綺麗にしていたはずの部屋は、その分、何かが変わるとすぐに気付く。虫の行動の変化を観察するのが主な私の場合、微細な変化に特に気付きやすい。

畳んで部屋の隅に片付けたはずの布団。ぴったりと畳んでカートの上に乗せていた上着。文机の上に置いてある記録帳。

それらが、動いている。ほんの僅かだが。

私は部屋の入り口で立ちすくみ、ただじっと六畳一間の部屋の中を眺める。冷や汗を流しながらゆっくりと畳に足を下ろし、部屋の中に入った。

昨晩の、夢ともうつつともつかないあの時と同じで、確証は何もない。宿の主人夫婦を信用するのであれば、彼らは私の部屋に入らなかった。入らないように私が言って聞かせたのだから。

こっそりと侵入したのだろうか、だが何のために。

そこまで考えて、自分の汗が畳に落ちるのを見届ける。その汗の雫が落ちた先にあったものに、私は首を傾げた。

土が乾いた跡があった。何かが残っている。私が部屋を出た時にはなかったものだ。私は部屋の電気を消して、窓から差し込む弱い光だけを利用し、畳と土の痕跡とを見比べる。コントラストの弱い場所でこそ、土の濃い色の存在は分かりやすい。フィールドワークで鍛えた技だ。

それは、足跡に見えた。それも、靴の足跡ではない。もっと別のものだ。だが、小動物が入り込んだ跡にしては大き過ぎるし、そもそも鍵を開けられるはずがない。

そして足跡の形は、よくよく観察すれば、何処か人の素足の形に似ていた。

寒気がした。猿だろうか。だが、よしんば戸を開けられたとして、再び鍵を閉める知能が猿にあるだろうか。やはり、人が入ったのではないか。

人。

私は鞭打たれたように部屋を飛び出し、今朝未明に物音が聞こえた隣の部屋の前に走った。宿泊客はおらず、宿の主人も空き部屋には鍵を掛けていないと言っていた。私は固唾を飲み込み、意を決して恐る恐る、戸を引いた。私の部屋とは左右対称の間取りをしたその部屋の畳に、四つん這いになって顔を近付ける。窓から差し込む午後の日差しの中、私は痕跡を探した。

そして、それはあった。

私の部屋にあったものとそっくりな、猿か人の形をした足跡を。

宿から出てきた私の顔を見て、阿字は一層不安を募らせたに違いない。気に掛けてもらって大変申し訳ないけれど、今の私が正確に現状を口頭で伝えられるとも思えない。何もかも、訳が分からない状態なのだ。

安全だと思っていたプライベートスペースに、異物が入り込んでいるという恐怖感。自分だけは大丈夫、という根拠のない『対岸の火事』という感覚が破壊される絶望。そして、何も分からないという理不尽さ。これらが、私の環境を徐々に侵食している。

車に先に乗り込んで、私は鵜飼さんが戻るのをじっと待っていた。

阿字家に戻ろうとする道中、道行く人の不安げな表情を何度も見た。そして彼らは、阿字の運転する車を目に留めると、一様にそれを目で追った。やましいことをしている訳ではないのだが、それでも背筋が落ち着かず、ムズムズする。車は、阿字の家に向かって順調に進んでいたが、その速度は道を進むにつれて緩やかに減速していく。まともな運転が許されないのだ。

私達の乗る車が阿字の車だと見て取ると、彼らは役場に居た村人達と同じように、ハンドルを握る阿字に救いを求めようとした。初めは遠慮がちに近付き、やがて一人、また一人と車のボンネットや窓ガラスに手を伸ばし、救いを求める言葉を呟きながらベタベタと触れるようになった。ハンドルを握る阿字は、恐怖を押し殺して歯を食いしばり、ボンネットに乗り始めた村人に対してクラクションを鳴らしながら、酷くゆっくりとした速度で道を進んだ。

やがて、集団の中の一人として自分を認識し始めた村人達は、自分こそを、と主張を強く声高に叫び始めた。或る人は虚ろな目で、或る人はギラギラと毒々しく光らせた目で。窓を閉め切っていても、その怨嗟にも似た声が、耳に届く。

「助けてください」

「どうにかしてくれ」

「子供だけでもどうにかなりませんか」

「子供が、申し訳ない」

「妻は誰に殺されたんだ」

「死にたくない」

「助けてください」

「助けて」

「助けて」

「助けて」

祈りではなく、それはまるで呪詛のようで、私は怖くなって耳を塞いだ。やがて祈りの声は罵声と罵倒に代わり、救いを求める手は暴力に訴えかけ始める。誰彼となく車を揺すり、車の屋根やボンネットを執拗に叩き、窓ガラスに手や額を押し付けて懇願をする。阿字は「止めて」と叫びながらクラクションを鳴らし、ゆっくり、ゆっくりと車を家に向かわせた。だが、住民の勢いは止まらない。神のくせに、何故助けないのだ、と。

助けろ！　自分だけ逃げるんですか！　ねえ狗神様！　助けろ！　助けろ！

彼らは叫び、車を揺らす力を増し、怒声を上げた。阿字の家はすぐそこなのに、そこまでの道がとても遠くに感じられる。

やがて阿字家から二人の男がやってきて、車に群がる群衆を力づくで引き剥がし始めた。私が初めて響子さんの家に行った日、阿字と共に家にやってきた男達だ。体躯の大きな二人は、何人かの抵抗に遭いながらも私達の前に道を作り、家へと導いてくれる。

阿字はすぐさま車の速度を上げ、阿字の父親が開けた門扉を急いで潜る。続いて阿字家の男二人が敷地に戻り、三人は押しかけようとする群衆を押し返しながら、門扉を閉じた。

怒涛のこの現象に、私は気が滅入ってしまった。鵜飼さんも、顔がグロッキーだ。私と鵜飼さんは阿字の示してくれるまま歩き、通されたそれぞれの部屋に荷物を置いて寝転がった。

ようやく一段落してこの日記を書いているが、これからどうするべきか、阿字家の人々や鵜飼さんと話し合う必要がある。じきに、警察の人もこの家を訪ねてくる。

村は、混乱への過渡期にあった。

香の匂いが、私の全身を包み込む。蚊に刺されが痒い。この家で、新たに刺されないことを願う。

## 八月十三日　午後九時一分　阿字邸

阿字邸に到着して先の日記を書き終えた丁度その頃に、駐在員と、検視官の人が阿字家を訪れた。客間に通された二人の他に、私と阿字、鵜飼さん、阿字の父親、そして阿字家の親族の男性六名が集まる。鈴虫と蛙の鳴き声が、家の裏手の山や表の畦道の中から聞こえる。

「住民が、村から逃げようという動きは？」

阿字の確認に、阿字家の一人が答える。

「今はありません。若い連中は逃げたがってますが、山に囲まれた盆地ですから、どうしたって森を抜けなきゃなりません。車に乗っていたとしても、あのご遺体の惨たらしい姿を見たら」

彼の言うことは容易に理解できる。人の体を引き裂いたり噛み千切ったりする相手と遭遇したとして、車は、そして搭乗者は無事なのだろうかと。

「マイクロバスか何かでまとめて避難は可能？」

「この村には、大人数を運べる乗り物はありません。公共バスを待つにも本数が少なすぎるし、何より森の中を進まなければならないことには変わりません。……更に言えば、村の者は皆、狗神に縋ろうとしています」

その言葉を聞き、背筋を伸ばして座敷に凛と座る阿字は、しかし憂鬱そうに小さく嘆息した。

怪しげに香の煙が揺れる客間で、駐在員の男性は口を開き始める。

祭りの夜に死んだ第一の被害者である金山鈴音（かなやますずね）は、暴漢に襲われた可能性が高いと思われていた。だが、衣服や遺体の切り傷の痕跡は、今日発見された四人の遺体に見られた裂傷と似ていると言う。

恐らく、金山の体に噛み傷の痕跡がなかったのは、ただ彼女が噛まれる前に犯人から逃げ出しただけで、全ては同じ人間の犯行である、というのが警察の推測だった。

阿字家の一人が疑問を投げた。今日遺体で発見された四人は、いずれも家を出る午前八時前までは家族と過ごしていた。それから午後二時過ぎに最初の遺体が発見されるまで、村の中の全く別の場所で全員が殺されている。そんな犯行が単独で可能なのか、と。

だが同時に、遺体は例外なくその屍肉を食われている。犯人が複数人である場合、皆が皆、カニバリズムである可能性は存在するだろうか。

「全員が同じ目的のために行動している、所謂（いわゆる）……カルト的思想を持つ人間であれば、あるいは」

駐在員は躊躇（ためら）いながら言った。だが、と阿字の父親が口を挟んだ。「遺体は、その……バラバラに、されていたんでしょう。ただ殺すだけじゃ飽き足らずに。まるで、動物的じゃないですか？」

それについても、犯人が人間であるという仮定に疑義がある、と検視官が眼鏡を押し上げて答える。阿字が言葉の意味を問うと、遺体の切断面は刃物を使ったものと思えない、とのことだ。

「引き千切った、と？　噛み切ったのではなく？」

「噛み付いて削り取ったらしき患部から、唾液の類は、いずれの遺体からも検出されておりません」

その言葉を受け、皆が冷水を浴びたように静かになる。

それは、最早獣とさえ呼べるのだろうか。

とにかく人間業ではありません、と静かに言う駐在員の言葉が、重く室内に響いた。

「警察署の人はどうしたね」

昼間、遠く離れた町の警察署から来た警察官達の姿は、この家にはない。元々犬啼村出身でない彼らは、狗神を中心とする土着信仰に、嫌悪感にも近い感情を持っているらしい。故にこの場には居ないが、しかし連続殺人のあった村を離れるわけにもいかず、多くは公民館で寝食しているのだと、駐在さんは答えた。

「今村に来ている以上の人員は増やせません」

「何故だ。人が死んでいるんだぞ」

「町の方では、この村の評判はすこぶる悪いんですよ。警察内部でも、人員を割くのを渋っています。事件の解決は勿論するつもりだと思いますが、なるべくなら表沙汰にして耳目を集めて欲しくないというのが本音でしょう。獣害被害など出たことのない、人手と産業に乏しい町ですから。事件が表沙汰になって少ない客足が一層遠のいてしまう前に、内密に片付けたいようです」

猟友会の出動許可は出ましたがね、と渋面を作って言う。「人が二日間で五人も死に、人の仕業か獣の仕業かの判断さえも下せない。オマケに場所は、犬啼村」

「でも、人が」

私が口を挟むと、駐在さんは暗い微笑みを浮かべた。

「田舎の保守的習慣って、怖いんですよ」

理不尽な現状と現実に、私は歯を噛み締めた。

殺された場所に共通点は見出せないのか、と阿字家の一人がしどろもどろに尋ねる。駐在員は首を振る。畦道、山の麓、神社の裏手、水田。これと言って、襲われた場所に共通項は見出せない。ただ一つ、人通りのない場所で誰も目撃者の居ない状況で殺されたという点以外。彼はそう答えたが、最後に一度、阿字家の人間を見回して頭を下げて口を開く。

「被害者の方の、お名前と住所、屋号をお伝えします。村を統括する狗神の方々に、どんな小さなことでも構いません、何か手掛かりを推察して頂きたいのです。役所の方には既に確認しましたが、通院歴、学歴、地域性、それらに共通点はありませんでした」

どうか、お願いします。

沈痛な面持ちで彼は頭を下げ、狗神の者は顔を上げるように諭した。半ば蚊帳(かや)の外である私と鵜飼さんは、この現状にただ戸惑うばかりだ。

檀家台帳(所謂仏教系のお寺はこの村にはないはずだが、彼らは狗神が律するこの村に住む人達の台帳を便宜上そう呼んでいる)を、阿字の父親が別の部屋から持ってきた。机に広げ、皆がそれを覗き込む。駐在さんの被害者のリストと照らし合わせ、私達は彼らに共通点がないかを探した。だが、役場にある記録を確認して分からなかったことが、台帳で分かるものだろうか。

阿字家一族が、無言で顔を突き合わせて考える。五分程も眺めて唸っていたが、一人も何も言葉を発しない。

ようやく、本当に何の共通点もないのか、と一人が阿字の父親に問う。ああ、と彼は言いながら腰を上げ、隣の部屋から一冊の本を持ってきた。否、本というよりは、何かを記帳する出納帳らしい。彼は、住所毎に奉納金を付けているのだと言う。その住所録を照らし合わせてみようと言うのだった。

奉納金？　と私が首を傾げると、阿字が教えてくれた。この村では、狗神様は所謂『町内会』の機能も果たしており、奉納金とは町内会の会費に似たスタイルを取っているというのだ。もっと昔は、狗神の家を中心とした封建的社会の構図がより如実に存在し、金額はもっと高額だったり、年貢のように米を上納していた時期もあったらしい。今でも狗神様への奉納金の制度は続き、阿字家ではそれを記録しているのだ。

阿字の父親は、無言で出納帳をめくっていく。しばらくすると、おや？　と頓狂な声を上げた。

「この人達、奉納金を滞納してたな」

言いながら、彼は出納帳を机の上に広げた。月毎に奉納金を受け取った日付と金額（ここは神社と同じで、金額は「お気持ち」という体裁になっているため、額は上下しているらしい）が記載されているのだが、確かに、被害者の居る家庭は奉納金の額は他世帯よりも格段に低く、また奉納時期は月の終わりになりがちだ。過去一年間は、月をまたいだ奉納が五回に及んでいる。先月の奉納はまだだ。

「奉納をケチったから殺されたとでも言うのか」

「信仰心が薄いからか？　馬鹿こけ」

「しかもその言い分では、動機は我々阿字家が一番揃ってるということになるが、有り得まい」

喧々諤々と言い合う彼らを尻目に、声を上げたのは鵜飼さんだった。

「この、松林さんと河目さん、私、取材に行きましたよ。昨日」

私を含めたその場に居る全員が、鵜飼さんを見た。彼は続ける。「いえね、あまりにも奉森教について関心がなかった人達だから、逆に覚えていたんですよ。ご家族全員、こんな宗教は馬鹿らしいって。……ああ、すみません。狗神の方々の前でこんなことを」

鵜飼さんが謝ると、阿字家の人間は首を振る。宗教的な力が近年薄れていることは理解しているし、仕方のないことだと答える。「まあ、だからこそもっと興って欲しいという願いがあるんですがね」

ともかく、あまり熱心な方々ではありませんでした。鵜飼さんは繰り返し答えた。そしてその後、こう付け加える。「あの祭りにも来ていなかったんじゃないでしょうか？」

「何故そう言えるんですか？　二十年に一度の祭事なので、幾ら興味のない者でも参加するだろうと思いますが」

阿字が訊くと、いえね、と前置きして鵜飼さんは言う。「何だか、仮面とかの被り物の類を持っていなかったようなんです」

まさか、と阿字家の男達がざわつく。幾ら信仰心が薄くなったと言っても犬啼村の者ですよ？

と馬鹿げていると言いたげに反論する者も居た。だが、鵜飼さんは食い下がって答えた。

「松林家のお子さんは、古臭い仮面が嫌だと言って被らず、ご両親も随分前に被るのを止めていたそうです。河目さんご夫妻も、お子さんが数ヶ月前に悪戯で家族全員の仮面を割ってしまってからは、新しくお金を掛けるのが馬鹿らしいと、仮面を作っていなかったらしくて」

と、その鵜飼さんの言葉に、駐在さんが待ったを掛ける。「河目さんのトコの旦那さんは林業で山に入るし、松林さんの奥さんも山菜採りに山へ入る人じゃなかったかね」

そうだそうだと、顔を突き合わせた皆が口々に声を上げる。

つまり、森に入る際の掟を守らなかった家の人間が襲われたということだろうか。

だがそんなルールを守り、監視し、行動できるのは、人間以外に有り得ない。それも、阿字家の人間が最も強い動機を持っている。だが、それを直接の動機や切っ掛けとするには余りにも弱すぎる根拠だ。

それ以外に彼らが襲われた理由に可能性として挙げられる共通点は、何か。

仮面？

私は考えたが、その時は何も言わなかった。

口を開いたのは、もう一旦切り上げて寝ようか、という頃になってからだった。

私は、怖くて一人で居られない、と誰も居ない廊下で、蚊の鳴くような声で告白してきた阿字の寝室に布団を並べて敷いてもらった。

「ねえ、仮面を被らずに森に入ったら、どうなるの」

シャツと短パンという色気のない服で布団に入った私は、ようやく二人だけになった時にそう阿字に訊いた。髪を櫛で梳いていた阿字は、思い出すように視線を上に向けてしばし唸った後、口を開く。

「奉森記には、そもそも森の中で顔を隠すのは、畏れ多い神様の住まう山の中で、醜悪な人間の顔を見せないようにとか……そんな理由だったと思うよ。だから素顔を晒して森に入ると、狼を始めとする神様達の怒りを買って、フグにされるって。可笑しいよね、山なのに」

私は、カラカラと笑う彼女の声に対して笑うに笑えず、ただ自分でも顔が青褪めるのを自覚しながら、ぼそりと言った。

「それって、『不具』なんじゃないの」

沈黙。私も阿字も、それ以上馬鹿げた会話なんてできなかった。

しばらく間があって、笑顔の凍りついた阿字はぼんやりとした様子でポツリと、「もう寝よう」と呟き、それ以上何も言わずに布団に潜り込む。

私は、今、そんな彼女の横で布団に寝そべりながら、スタンドの弱い明かりを点けて、この日記を書いている。

怖い。それは、私も同じだ。だからこそ、一度文字に起こして自分自身の気持ちを落ち着かせる。

さっきこれを書いている途中、阿字が頭から被った布団の中から手を伸ばし、私のシャツの裾を掴んだ。細い手で、力強く。私は握り返し、その手から力が抜けて寝息が聞こえるまでそのまま阿字の手を握り続けた。

眠る直前、まどろんでいる阿字の声が聞こえてきた。

「残念だったね、お月見」

言われて、思い出す。昨晩はスーパームーンだった。

本当だったら阿字と二人で、縁側に夜遅くまで並んで座って、懐かしい去年までの思い出話に花を咲かせていただろう。きっと素敵で、楽しい夜になっただろう。けれどもう、今年は楽しめない。

次、素敵な夜にしようよ。私は言って、阿字が寝るのを待った。ネットがないから検索できないが、帰ったら次のスーパームーンがいつか調べてみよう。そうして未来の約束をして、またこの村にやってくるんだ。

きっと、全てが良くなる。警察が来ている。すぐに解決する。

相手は所詮、ただの獣か人間だ。

私は何度も言い聞かせる。何度も文字に起こす。

怖くなんかない。怖くなんかない。怖くなんかない。

八月十三日　午後九時一分　阿字邸

（宇津木注・日記の以降のページは全て文字が酷く乱れているため、文字起こしが正確でない箇所もあるかと思いますが、ご了承頂ければ幸甚です。また、急いで書いたのか平仮名速記の箇所が多く読みにくかったので、私が漢字に変換しています）

# 八月十四日　午前十一時三十分　境内

生きている。私はまだ生きている。

生きている内にこれを書く。何が起きたかなるべく全て記す。

始めに異変に気付いたのは、部屋のお香の匂いが消えてからだった。

平静であれば、何ら不思議ではなかっただろう。だが、この村の人間は常に香を絶やさない。それが就寝時であっても。彼らは香の盛り方に工夫をし、また大量に消費することで一晩程度であれば香の火が消えないようにしている。私がふと目を覚ました午前四時に香の香りが消えるなど、有り得ない話だったのだ。

体を起こさずに、寝ばけ眼で床の間にある香炉に顔を向ける。眠気のせいでろくに瞼（まぶた）を上げられないが、蚊帳越しに見える香炉の蓋から漏れる煙は、確かに消えていた。月明かりがはっきりと照らしている。

あまり村の香の香りが好きではなかった私は、まあいいか、と再び目を閉じて眠ろうとした。そして次の瞬間、或ることに気付いて一気に目が覚めた。

何故、月明かりがこんなに入り込んでいるのか？　スーパームーンの翌日で、まだ月が巨大だからか？

違う。庭に面する障子戸が、開け放たれているのだ。

隣では阿字が、障子の開け放たれた縁側とそこに面する庭に背を向け、寝息を立てている。彼女の後ろに広がる無機質で、文字通り不自然な庭の離れた所から、玉砂利を踏む音がする。

一人ではない。複数人の歩く音。

一人が立ち止まると、他の足音も止まる。

宿に侵入していたあれが、居る。

吐き気がこみ上げる。汗が止まらない。布団の中で、私は一寸たりとも動けずにいた。

幸い、足音は徐々に離れていった。恐る恐る私は体を起こし、ゆっくりと蚊帳の中から這い出して、四つん這いで床の間の影まで移動する。

まだ微かに玉石を踏む音がするその姿を、影に隠れながらとは言え、確認する気にはなれなかった。私は立ち上がり、足音を立てずにゆっくりと部屋を歩き、廊下に面した襖を引いた。確かめたいことがあったのだ。

廊下を歩き、客間を含め、阿字家の人々が寝ている部屋以外の全ての部屋を確認しようとした。

私と阿字の寝る部屋と、その両隣の座敷。どちらの座敷の香炉も、ひっくり返されている。香の燃えかすと灰が畳を汚し、僅かな残り香のみを漂わせている。やはり庭に面した障子戸は開かれたままである。

次の部屋も、次の部屋も、次の部屋も。

香は消され、香炉は倒されるか割れるかしていた。

本当に混乱していた。あまりにも非現実的で、頭の何処かであれのことを記憶の片隅に追いやっていたが、ここに来てあの不審者達が人を殺した可能性に、今更ながらに思い至ったのだ。

だが、だとすれば香を倒していく意味とは何か。そして、この阿字家に現れたのは何故か。偶然か必然か、ともかく、私は再びあれと関わろうとしている。

今度こそ、口を閉じるべきではない。誰かに伝えなければ。

私は、来た時と同じくゆっくりと、静かに寝室へ戻る。窓から入る月明かりを頼りに、何度も何度も、意味もなく後ろを振り返る。ちょっと離れた先に広がっている暗闇から何かが迫っているような、そんな強迫観念に囚われたのだ。

或る意味、その予感は当たっていたことになる。

寝室まであと少し、というところで、私は右ふくらはぎに激痛を感じ、思わず声を上げた。右脚を上げ、咄嗟に激痛のあった場所を手で強く払う。すると手のひらに何か小さなものがぶつかる感触があった後、薙(な)ぎ払った方角へと何かが飛んでいき、親柱にパシン、と小気味のいい音を立ててぶつかった。

痛みは徐々に熱を帯びる。手で痛みのあった場所に触れると刺すような痛みが走り、皮膚がめくれているかのような感触がある。確認した指先には、私の血が付いていた。

小動物に齧り付かれたような、そんな感覚だった。だが薙ぎ払った手で感じた物体の大きさは、動物と呼ぶには小さ過ぎた。私は体を震わせ、「何か」が飛んで行った先へと目を凝らす。

コガネムシだった。親柱に叩きつけられたせいか、仰向けになってジタバタと足をせわしなく動かしてもがいている。

まさか、この虫が私に噛み付いたのだろうか。その時の私は信じられない思いで一杯だったが、今なら分かる。あのコガネムシが私の肉を噛み千切ったのだ。

ともかく、私は予想外の出来事に恐れをなし、足音が響くのも気にせず寝室へ走った。襖を思い切り引き開け、寝ている阿字を揺さぶり起こす。深夜の突然の出来事に、阿字はまだ眠たげな顔に困惑の色を浮かべる。

「な、何？」

私にも分からないよ、と言い返してしまう。それ程、自分自身で心の整理ができていなかった。ただ私は、怪しい人達が家中の香炉を倒していった、と手短に伝える。阿字は覚醒していない頭でその言葉をゆっくりと反芻し、ややあって目を見開いて事態を飲み込んだ様子だった。「え、何で」

それにも「分からない」と答え、とにかく駐在さんに連絡しないといけない、電話は何処か、と尋ねようとした。

尋ねようとしたその時に、そのザワザワという音は聞こえた。

最初は、塀向こうの木々のざわめきかと思った。だが、この寝室から最も近い木々でも、五十メートル弱は離れている。風も強くないのに。

しかし、音は徐々に大きくなっているのだ。途切れる事なく、ゆっくり、確実に。

阿字も音の異変に気付き、口を閉ざした。私達は開け放たれている障子の向こうに広がる玉砂利の庭を凝視する。特段、変わったところはない……そう思った。

だが、塀の様子がおかしい。上部から下部へ向けて、徐々に闇の中に消えていくように見えたのだ。

だが、次の瞬間にそれは見間違いではないことに気付き、戦慄する。

家の庭を囲う塀の向こうの森から、何かがやってきている。

塀は消えていったのではない。

何かに覆い尽くされているのだ。

ザワザワという異音は、葉擦れの音ではなかった。

無数の虫が、塀を、玉砂利の上を、早回しのビデオで見る満ち潮のように覆い尽くして進行してくる足音だった。

虫の影はゆっくりと、しかし地を這う虫としては信じられない程の速度で、家への距離を詰めてきた。まるで静かに押し寄せる津波のように。

私と阿字は悲鳴を上げ、部屋から飛び出し、廊下を走った。

「虫、虫が来る！」

家の中で私達は大声を上げ、玄関へと逃げた。ザワザワという音は、壁越しであるにも拘わらず徐々にその大きさを増していた。この時、既に「虫の波」の一部は家の壁に到達していたのかも知れない。寒気と吐き気を必死に押さえ込んで雪駄(せった)を引っ掛けたところで、ハッとして阿字が父親と親族の心配をした。

「家族、みんな、起こさないと！」

「駄目、逃げるの！」

引き返そうとする阿字の腕を掴み、私は玄関のネジ式の鍵を必死に回す。その間の私の脳裏には、先程ふくらはぎを噛み千切ったコガネムシの姿がちらついていた。

戻らないと、と焦燥する阿字を宥めて彼女の腕を放さず、手こずりながらも玄関の鍵を開けたその瞬間、家の中から大きな悲鳴が聞こえた。一人、また一人とその悲鳴は伝播し、混乱を拡散させる。

「お父さん！」

私がこの村に来てから、阿字は初めてその言葉を叫んだ。父を恨んでいたはずのその時の声には、しかし怨嗟の感情は一片もない。それでも、私は阿字の手を放すわけにはいかなかった。阿字の父親の、車内で私に言った言葉が思い出された。私は、阿字を守らなければならない。

或る種の群体となって行動をする虫の前では、道具を持たない人間など塵芥（ちりあくた）に等しい。ましてや、それが肉食昆虫であれば尚更だ。蟻の群れは、蛇を襲って食い殺すのだ。

かろうじて、玄関に程近い場所で寝ていた鵜飼さんと、遠縁であまり親族と関わりのなかった阿字の従兄弟（彰さんという）が慌てて廊下に駆け出し、何事かと慌てふためいて問う。私達はただ、分からない、でも急いで逃げて、という言葉を連発して危機感を煽り、一秒の間も惜しんで家を飛び出し、門へと向かう。お父さん、と声を漏らして涙を流す阿字の手を引き、私は慣れない雪駄に転びそうになりながら走った。

門を出て、私達は闇夜の中を駆け、村の中心部に向かった。隣で涙を流しながら走る阿字を見て、私も泣きそうになる。新しい生物相の発見に浮かれていた一昨日が、まるで遠い遠い夢の中の話に感じられた。だがあの発見は確かに現実であり、その発見対象に人が襲われたこともまた、紛れもない事実だ。

何故、こんなことになってしまったのだろう。人気のない夜道を駆け抜けながら、私達は絶望していた。絶望し尽くしたと思っていた。

違ったのだ。まだこの理不尽で理解不能な事態は、始まりに過ぎなかった。

東の空が白み始めた頃。いつの間にか、鵜飼さんや彰さんとはぐれてしまっていた。隣を歩くのは、阿字だけだ。

走り続けて疲弊し、走る速度が落ちた頃、慣れない雪駄に私は躓き、転んでしまう。咄嗟に手をついたものの、砂利が私の皮膚を裂く。阿字も足を止めて肩で息をし、ううう、と呻いていた。私も、このまま泣き崩れて倒れ込んでしまいたかった。だが、状況がそれを許さない。

四つん這いの姿勢のまま息をする私の目に飛び込んできたのは、自分の両手。手をついている地面。そして、虫の研究をしてきた私でも見たことがない数の、蟻の大群だった。数百、数千もの蟻が、私が手をついた地面をぞわぞわと音もなく蠢き、闊歩している。

蟻は、私の手を伝い、続々と腕から這い上がっていた。

あまりの光景と感触に悲鳴を上げた。飛び上がって体を起こし、漉し取るように腕から蟻の群れを追い払う。だが、雪駄の脱げた白い私の素足を伝っても蟻が登ってきていた。ザワザワと自分の足に黒い塵のような物体がたかる光景に、吐き気を覚えた。足先から這い上がる蟻の軍団は、どんどんと上に迫ってくる。

私は叫びながらそれも手で払いのけ、地団駄を踏んで素足で何十匹となく蟻を踏み潰そうとした。そんな私の様子を見て、ようやく阿字も自分の足に縋り寄る蟻の群体に気付き、やはり大声で悲鳴を上げた。

お互い、手で蟻を漉し取る度にプチプチという感触を手に感じた。蟻の体液と表皮の残骸が、夥しくこびり付く。やがて、私の素足の甲に激痛が走り始めた。蟻が、私の足のあちこちを食い始めたのだ。

蟻は学問的区分上、ハチ目スズメバチ上科に属する。そしてその生物学的区分としては、寧ろハチよりアリ類の方がスズメバチに近縁だ。そして蟻の多くはその腹部に針を持ち、熱帯種の中にはこの針に毒を持つ種類も居る。蟻とは、攻撃的な種類に限って話をすれば非常に危険なのだ。そんな蟻の群れが今、私達の居る道の真ん中に、何万匹と集まっていた。

食い殺される。そんな恐怖が思考の全てを支配した。阿字と逃げること以外考えられなかった。泣き叫びながら脚の蟻を潰そうとする阿字の腕を取り、激痛に苦しみながら、私達は再び走った。砂利が足裏の皮膚を一層傷つける。その痛みに耐えられず、更に私は悲鳴を上げた。それでも、立ち止まることは決して許されなかった。

もう、駄目だ。村を逃げないと。森を通って。

切れる息でなんとかそう話し掛け、私と阿字は二人、現在位置から一番近い、村の外へ出る道へ向かうことにした。私が来た、バスの停留所がある入り口とは反対方向だったが、構わない。

とにかく、遠くへ逃げなければならなかった。

……けれど、二十分近く走って辿り着いた森の入り口の前まで来て、私達の足は止まった。

その森の入り口は、村の外から引いた電線を伸ばす電柱が続く道だった。木製の電柱には、蟻やムカデ、クモなど、無数の虫がたかっている。ザワザワ、というあの音が鳴り続け、虫はその身が焦げていくのも構わず、電線を群れで噛み切り、断線させていた。

道の両側は、石垣で整備されている。その石垣や電柱に、車が何台も衝突していた。

空は白み始めている明るさで、離れた車内を窺うのは難しくない。なのに、ガラス窓の向こうは真っ黒でほとんど何も見えない。それでも、わーん、という大量の羽虫が飛び回る時に出す、あの不快な音が開けた道に響き渡っている。

言葉をなくし、足をガクガクと震わせながら立ち尽くしていると、森の奥にふらふらと揺れる人影が見えた。あ、と希望に縋る声を漏らして私達は一歩踏み出したが、それもすぐに止まる。

人影は、黒かった。森の木々が落とす影のせいではない。森から出てきた中年の男の全身に、虫がたかっていたのを見てしまったのだ。

男の皮膚はあちこちが剥がれ落ち、めくれ、ぼたぼたと血を流している。力なく垂れる左腕の先端に見える赤みがかった白は、骨だ。手首から先はなく、ほつれた糸のようになった筋繊維が揺れている。頭にも羽虫や甲虫が密集しており、辛うじて覗くのは、真っ赤に充血した左目と、下顎の欠落した口元だけだ。

男が、残った右腕を私達の方へ伸ばし、何事かを口走った。だが、ブラブラと左右に揺れる千切れた舌だけが動く。凍りつく私達に向かって、もう二、三歩近付いた男は、虫に食われて支える筋肉のなくなった左足が崩れ、膝から倒れる。その時の衝撃だろうか、残された目玉がボトリと落ち、蛆虫とムカデ、ゴキブリの群れが眼窩(がんか)から溢れ出す。

男の、悲鳴にならない呻き声が発せられるよりも先に、私達は絶叫し、腰を抜かしながらその場から逃げ、村の方へと引き返していく。

「む、村っ、役場！」

叫び、阿字と二人、手を握り合いながら、何度も倒れながら、二人で村の中心地へと急ぐ。

道中、ふらつきながら激痛に耐え、私達はようやく一軒の民家に辿り着こうとしていた。助けて、と阿字が掠れた声で助けを求めようとしたが、その言葉が最後まで絞り出されることはなかった。

……平屋の民家からは、悲鳴と絶叫、呻き声、そして誰かがのたうち回っているらしいドタバタという音が聞こえている。喉を枯らしながら叫ぶ、女性と子供の悲鳴が私達の足を止め、そして再び村の中心地へと早足に向かう。

弱々しい日の出の光が、民家の外壁をぼんやりと照らし出す。けれど、家の壁は黒い影を落としたままだ。原因は、やはり虫だ。虫が民家の壁という壁にたかり、外壁本来の持つ美しい木目を覆い隠しているのである。そんな家を見つける度に、私達は遠回りをし、少なくとも外観に異常の見られない建物が並ぶ道を探し、進んだ。

　何度も悲鳴と、虫の羽音が唸る光景に遭遇した。蚊、蝿、虻、蜂の羽音だった。私達は悲鳴を押し殺し、涙を流しながら家々を駆け抜ける。得体の知れない圧倒的な恐怖と、何もできない自分達の無力さに涙しながら、徐々に悲鳴の声が小さくなる民家を後にし、ひたすら村の中心部を目指した。

　あの時、阿字は何を考えていただろう。

　突然起きた事件に、村を取り仕切る存在として責任を感じていた中、真夜中に目が覚めた瞬間、父親と家と親族を失い、不条理で理不尽で理解不能な現象に体の肉を食い千切られた阿字は、一体どんな絶望の中を走っていただろう。

　狂ってしまっても不思議ではないこんな状況で、私達はただ逃げることしかできなかった。せめて、誰か他に頼れる人でも居れば良かったのに。鵜飼さんと彰さんは、逃げ切ることができただろうか。最早、自分に親切にしてくれた人の安否を確認する手段さえない。電波が届かないとしても、スマホだけは持ってくるべきだったろうか。せめて電話か、電気があれば。けれどあの虫達は、電線を食らい、切り落としていた。もしあれが、村のあちこちで起きていたら？

　取り留めのない言葉の羅列が溢れ出す。まともな思考ができない。頭がどうにかなりそうだった。

けれど、村の中心で見た光景に比べれば、それまでの恐怖や絶望など、どれだけ些細なものだったろう。

足から血を流しながらようやく村の中心部に差し掛かった。

そこで見た光景に、私達は今度こそ打ちひしがれる。

……轟音のような虫の羽音が、辺り一帯に響き渡っていた。

虫の群れを追い払おうとして何かを誤ったのだろうか、何軒かの家から出火し、近隣に飛び火している。だが、その火災を消そうとする人は誰も居ない。電線の切れた電柱に衝突した軽トラの中は、ビッシリと虫で覆い尽くされており、中が見えない。恐怖に目を見開いて絶命している人の、穴という穴から、数十、数百の虫が出入りしている。体は虫でぎゅう詰めになって膨れ上がり、目玉は既に食い散らかされていた。体に群がる虫を追い払おうとして自分の体に火を付けた老人が何人か、防火水槽や民家に突っ込んでいる。炭みたいになった彼らはもう、ピクリとも動かない。道のあちらこちらに何十となくできている、蠢く黒い塊と化したあの虫の群れは、人に群がっているのだろうか。

ムカデ、芋虫、蜂、蝿、カミキリムシ、カマキリ、ナナフシ、蜘蛛、イナゴ、ゴキブリ……。

連中は、肉食か否かに拘わらず、皆が皆、人の肉を食らっていた。

虚しい抵抗をしていた村人は、一人、また一人と動かなくなる。

響き渡っていた阿鼻叫喚は、徐々に絶えていく。

ただ、土砂降りが打ちつける雨音のように、羽音のみが響いていた。

八月十四日　午前十一時三十分　境内

何かが焼ける臭い。地面に染みた血の痕跡。視界を覆い尽くす虫の波。その様相をこれ以上、私が書くことはできない。ただ情景と羽音と異臭だけが記憶の中にある。見てはいけないと本能が察知したものを、私がこれ以上思い出すことはできない。

ただ、それら全てが絶望の塊として私達の心を侵した。

泣きじゃくりながら阿字は私の腕を引き、強く訴える。

「ねえ、逃げようよ。早く」

どうしたらいい。何をすればいい。ただ無策に逃げることしかできない。

夜の明けた今日、これからの一日さえ、私達は生き抜くことができるのだろうか。涙で顔をぐしゃぐしゃにしながら私達はとにかく、その場を離れた。人が集まっていなかったであろう場所を目指して。主な虫の住処であろう森や木々のある場所から離れて。

昆虫が、意思を持っている。同時に敵意と悪意を持ち、人間を襲っている。いくら科学的根拠がなくても、もうその事実を認めるしかなかった。

だが、虫である以上は必ず何かしらの法則や条件に従って行動しているはずだ。

一体、生物学的遺伝子情報とは無関係に、どうしたらそうした行動が可能になるのだろう。憔悴しきった私の頭では、この時ろくに論理的な思考ができなかった。いや、今でもそれは変わらない。

分からない、という至上の恐怖に支配されたまま、私達はただ人気のない道をフラフラと逃げ続けた。

私達が後にした、二百メートル離れた村の中心地。そこの家屋から上がっていた火の手は、幾らかその勢いを増した様子だった。延焼したのだろうか。

一方で私達の周囲を囲む田んぼは、とても穏やかだ。一切の夜虫の声がしないその空間は異質だったが、それでもその虫の居ない無音は、私達を少しだけ安堵させる。

人に助けを求めなければならない。だが、求める相手が居ない。逃げ延びているかどうかは分からないが、それを自分から確かめに行く気力も手段もない。

電話を探すにしても、この村に公衆電話は存在しない。自宅から離れた場所で電話をする用があった場合は、誰かの家に邪魔をして電話を借りる、そんな田舎の村だ。そして今私達の居る場所に、民家は一軒もない。いや、そもそもの話、電気はもう通っていないだろう。村のあちこちで、断線している電柱を見かけた。村を出ようとしても、全方位を森に囲まれたこの村は、虫を避けて抜け出すことなどできない。車に乗っていても皆、殺された。

一体、何処に逃げればいい。

砂利で傷ついて、私の足も阿字の足も、既に痛覚が麻痺している。ふくらはぎを中心に蟻に噛まれた脚も、ジンジンと痛む。腕も何箇所か噛まれている。蟻以上の、ムカデや蜂に襲われなかったのは奇跡としか言いようがない。

二人共、満身創痍だった。真っ直ぐ歩くことさえ難しい。

あてもなく畦道を歩き続けるうち、輝きを増した朝日が広く村を照らし始める。光が、山の緑を鮮烈に浮かび上がらせた。

美しかった。美しいからこそ、自分が三十分前に見た光景を信じられないでいた。私は、朝日を見て声を出して泣いた。

「ねえ」

阿字が私の名前を呼ぶ。振り返ると、生気が失せ、血と泥で汚れた顔と充血した目で私をぼんやりと見据える阿字が、震えて立っていた。「私、やっぱり頼られ続けなきゃいけないのかなぁ」

昨晩の、車に暴力を振るいながら救いを求める群衆を思い出す。

鵜飼さんの言った通り、宗教が世の不条理に対する精神の救済措置であるとすれば、今こそ狗神たる彼女が求められる時だ。だが、村を守護する人間としての自覚がないままにこれまでの人生の大部分を費やした彼女には、余りにも荷が重い。その重圧は、私の想像の及ぶ余地などない。

彼女は、これからその重圧に耐えて一生を過ごさなければならない。

だが、この村に、明日からの未来は……

考え、悩み、そして苦しんだに違いない。疲弊から倒れ込んでバランスを崩した阿字は、そのまま畦道から水田に転がり落ちてしまった。私はアッと声を上げて、バシャンと音がしたその場へと、ふらつく足取りで駆け寄った。畦道の上から阿字を見下ろすと、彼女は水の張った田んぼの中で、私に背を向けて座り込んでいる。寝巻きはずぶ濡れだった。

大丈夫？　と、自分でも分かるくらい力のない声で尋ねる。うん、とやはり阿字も力なく答えた。私は安堵して、畦道から下りようとした。その音を聞きつけたのか、阿字は私の方を振り返りもせずに一言、叫ぶ。

「来ちゃ駄目！」

私は体を強張らせ、一歩進めた足を止めた。

静寂の生まれたその空間に、新たな音が生まれる。

虫が玉砂利の上を歩く音とはまた少し違う、ザザザ、という音だった。

逃げよう。そう言うべきだったのに、私の体は動かず、声も出ない。

ただ、穂をつけた稲の隙間から見える水田のさざ波が奇妙に揺れ動くのを目が捉え、水面下を泳ぐ何かの姿に怯えて体を震わせた。

混乱した頭で必死に考える。水生昆虫には、何が居るか。タガメ、ゲンゴロウ、オオミズスマシ、オオコオイムシ、ミズカマキリ。

水田に生息する虫に限って言えば、種類は当然減る。だがこの村の生物相は異常なのだ。どの環境にどんな虫が生息しているか、常識と経験で断定することができない。

目の前に広がる水田に、何十万匹の虫が生息しているのか？

早く上がって。ようやく私は声を振り絞って叫んだ。だが、阿字は体を動かせない。完全に腰が抜けてしまっている。水面をさざめかせる虫達は、予想以上の速さで阿字に向かって近付いてくる。阿字が顔を引きつらせながら、腕の力だけで後ろ向きに、田んぼの外へ体を引き上げようとした。私は駆け出したが、さざ波は、私が阿字の体に触れる前に彼女に達した。

途端に、押し殺した悲鳴を漏らしていた阿字の声は絶叫に変わった。同時に、バシャバシャと彼女の下半身が浸かる水面が激しく飛沫を立てる。彼女が暴れているだけが理由ではない。

何かが水面下で、彼女の脚に、下半身に、喰らい付いているのだ。

ああぁ！　あああ！　と単純な悲鳴を何度も何度も繰り返し絶叫し、阿字はパニックに陥る。見えない虫を相手に両手を滅茶苦茶に振り回すその姿が、私の恐怖を増幅させる。

私は畦を駆け下りて彼女の腕を羽交い締めにし、水の上から何とかして引き上げようとした。どれだけ阿字を助ける気持ちが強くても、舞い上がる泥で見えなくなったその水に足を入れて踏ん張り、彼女を引き上げることが、どうしてもできなかった。

力が十分に込められない。阿字が無茶苦茶に暴れるから、尚のことだった。でもそれだけじゃなかった。水から出ようと必死にもがいているはずの阿字だが、その両足が水面下から出てこない。

嫌な予感は、続く阿字の悲鳴で的中する。

「誰か、誰かが、引っ張ってる！　足、足！　助けて！　ああああぁ！」

泥で舞い上がる、十五センチもない水の中で、一体何が彼女を引きずり込もうとしているのか。答えなんて出なかった。私も恐怖に耐え切れずに叫び、誰に言うでもなく、止めて、止めてと大声でがなり、悲鳴を上げた。

そうして恐慌状態になっている内に、阿字が一際大きな悲鳴を上げて体を仰け反らせた。一層の激痛、若しくは体から掛け替えのない大事な何かを引き剥がされたような、そんな絶望を感じさせる絶叫だった。訳も分からず、そして到底私自身の理解が追いつかない、そんな状況に、私も大声で叫び声を上げていた。

余りにも叫び過ぎていたものだから、軽トラックがすぐ近くまで走って近付いていたことに気付かなかった。

畦道を外れて、軽トラは田んぼに飛び込んだ。稲を、そして水の中に居るであろう虫の群れを踏み潰し、阿字のすぐ足元で停車する。その瞬間、阿字の足を掴んでいたと思われる何かが離れたのだろうか、驚く程にすんなりと彼女を引き上げることができた。そして、引き上げた彼女の両足を見てギョッとする。

彼女の両足には、やはり食肉性の水生昆虫が何十匹も噛みついていた。ミズカマキリやイネミズゾウムシ、ガムシの幼虫、ミズスマシ。鳥肌が総毛立ったが、それでも私は叫びながら勇気を振り絞って、力一杯虫達を手で薙ぎ払う。虫の体液と、阿字の体から流れた血が私の手を汚した。

「乗れ！」と軽トラの荷台に乗っていた人影が手を差し伸べた。朝日に照らされたその姿は、彰さんだった。隣には、愕然とした顔の鵜飼さんも居る。

一も二もなく、私は阿字を抱えて水田に飛び込み、トラックまでの一直線の距離を走った。たった二、三歩のその距離に飛び込む勇気は、二人の顔を見なければ湧かなかっただろう。それでも、水に飛び込んだことを一瞬にして後悔する程の痛みが私の足を襲った。傷に泥水が染み込んだだけが原因ではない。肉食昆虫が、私の足の皮膚と肉を食い千切っているのだ。

絶叫して、抱えた阿字を放り上げんばかりの勢いで持ち上げる。鵜飼さん達は彼女をしっかりと受け止めた。それを確認するかしないかの内に、私は軽トラの荷台にしがみついて自分の体を引き上げる。そうして、引き上げた自分の足についた虫を払い、蹴り落とした。

出せ、と叫んだ鵜飼さんの言葉に応え、運転手の男性がハンドルを切り、車を発進させた。私は泣きじゃくる阿字の体を抱きかかえ、荷台にしがみ付く。軽トラは稲と虫を踏み潰しながら土手を上り、大きく車体を揺らしながらも何とか畦道に戻り、一挙に来た道を戻り、走った。

今度は安堵の涙を流し、私は抱きしめた阿字から一度体を離して、助かったよ、と言おうとした。だが、阿字はまだ苦しみの涙を流し続けている。どうしたの、と訊こうとして、私は戦慄した。

大丈夫か、と私の背後から近付こうとした彰さんに私は、来ないで、と叫んだ。ごめんなさいと謝りながらも、それを絶対に見せてはならない、と心に決めて、しばらくこっちを見ないようにと付け加えた。

理由を尋ねようとする彼に苛立たしさを感じ、早く、と叫んで視線を外すよう訴える。せっかく助けたのに、と言いたげな顔をした彼を、何かを察してくれた様子の鵜飼さんが宥めて進行方向を向かせる。

私は、左腕で阿字を抱き締め、必死に宥めた。だが、彼女の精神的苦痛を真に理解することはできない。ただ、私は人知れずに手助けをすることしかできないのだ。それが、とても悔しかった。

私は、彼女の内腿に張り付いた虫を引き剥がし、荷台から放り投げる。そうしてから、ごめん、

と小声で口にしてから、私は
（宇津木注・「私は」の部分から先はペンで乱暴に消されていました）

やめた。書かないでおこう。幾ら日記とは言え、女としてこれを書かれることは筆舌に尽くしがたい。ただ、阿字の名誉のために書き記しておく。水田の中で彼女が何をされたのか、私は誰にも言っていない。そして誰にも言うつもりはない。

ならば何故事実を曲げずにここまで書き記したか。それは、次の疑問点が解消されていないからだ。

虫が、人間に。

何故だ。生物として、本能として、有り得ないことが起きている。

科学と人智を超越した何かが、この村に存在している。


私は、村の出入り口で見た光景をかいつまんで伝える。知ってるよ、と暗い顔をして鵜飼さんは答えた。「すぐに逃げたが、どの村の入り口も同じだった」

道なき道を進んで森に入っても、同じことだろう。彼は言う。何処に向かっているのかと尋ねると、霧吹山の神社だと教えられた。祭りを行った、金山さんの死んだ場所だ。あの境内の石段を上りきった上の神社に、村人の一部が避難しているらしい。あそこも森に囲まれている場所だと思ったのだが。訊くと、

「皆、虫除けのお香を沢山焚いてる。あらゆる虫除けの道具を使って、文字通り蟻一匹寄せ付けないようにしてるよ。……一匹でも見つけた瞬間、みんな凄い形相になるけどね。屋根のない軽トラで救助活動なんて、ってみんなに止められたよ」

苦笑して言う鵜飼さんに、私は答えた。

「スズメバチが、大体時速四十キロで飛ぶので、それ以上の速度で走ってれば、まず大抵の虫から は逃げられると思います」

「成る程」

やっぱり、君達を助けに来て正解だった。鵜飼さんは優しく笑った。

他に避難場所はなかったのかと尋ねるが、大人数が安全に集まって怪我の治療にあたれる場所は他にないと言った。寧ろ役場や医院のある村の中心部に、虫はより多く集まっているそうだ。

その話を聞いて、一度阿字邸に戻ってみて欲しい、と私は鵜飼さん達に伝えた。彰さんからは強く反論された。当然だろうが、私はともかく、阿字には替えの服と下着が必要になる、と更に言い返す。その詳細については触れず、ろくに設備や備蓄もないであろう神社に避難するのであれば、どうしても着替えや生理用品が必要になるのだとも、強く訴えた。

「ヤバそうだったら、すぐ逃げるからな」

彰さんのその言葉を条件に、何とか行ってもらえることになった。私は、荷台に積んであったビニールシートを阿字の体に掛け、彼女の体を隠す。「ありがとう」と言ってくれた阿字に対して、私は首を振った。彼女の助けになりたいとこの村に来たのに、私は阿字を守れていない。何一つからも。自分の不甲斐無さに憤りを感じた。

それと同時に、憤り以上の強烈な恐怖が、私の精神を擦り減らしていった。

軽トラの荷台に揺れる私達は、体を強張らせたまま無言だった。車はなるべく民家に近いルートを避けて阿字邸に向かう。道中、ムカデやらイナゴやらの虫で占領されている箇所も少なくなかったが、そこは速度を上げて轢き潰して通過する。平静であれば、私の大好きな虫になんてことを、とでも怒ったりしただろうが。

時間を掛けて走っていると、やがて見慣れた光景が見えてくる。阿字邸だ。虫の大群に襲われたその家は、しかしまるでそれが夢だったかのように変わりない様子でそこに鎮座している。遠目から見れば、いつも通りの邸宅だ。車で門をくぐっても、開け放たれたままの玄関戸以外は普段と何の変わりもない。

虫の姿は、今の所一匹もない。緑が元々周囲になかったことが幸いしたのだろうか。「用事」を済ませた虫達は、より住みやすい場所へと移動したのだろう。

虫達の、用事。

それを考えようとして、すぐに意識の彼方へ追いやった。

考えてはならない。今は、履くものと着るもの、そして化粧ポーチが必要なのだ。そして、それを男性陣の誰かに取ってきてもらうことはできない。私が行くしかないのだ。

阿字を見ていてください、とお願いしたが、裸足で行かせるわけにはいかないと、鵜飼さんが靴を貸してくれた。「サイズは合わないし汚いけれど、せめて玄関まで」

その心遣いに感謝し、私は鵜飼さんの靴を借り、彰さんと共にトラックを降りた。彼も、自分と鵜飼さんの荷物を持ってくると名乗りを上げたのだ。鵜飼さんは、運転手と阿字と共にその場に残った。

玄関に辿り着くと、すぐ異変に気付いた。壁には特に問題なかったが、障子や襖は無残の一言だった。無数の虫に食い破られたのか、ボロボロだ。各部屋の畳も毛羽立っている。そしてよく見れば、土とは違う塵のような何かが家中に飛散している。

これは何だ、と呟く彰さんに、顔を床に近付けた私は、恐らく虫の糞です、と答える。床を埋め尽くす程、とはいかないまでも、一晩で排泄されたその量に戦慄する。私達は申し訳ないとは思いつつも、土足のままで床に上がった。救急箱も必要になるな、とこの時ようやく思い至った。

少しだけ廊下を進んで、設置されている電話を彰さんが取って耳に当てる。何度かフックを叩いて反応を窺うが、やがて首を振って受話器を置いた。

馬鹿げている、と思いながらも今は深く考えず、私は一人、廊下を進んだ。彰さんは、自分が泊まっていた部屋に戻った。後で鵜飼さんの部屋にも入り、使えそうなものを探すと言う。

家の中は、逃げ回った今朝方とは違い朝日が射し込み、はっきりと見渡せる。だからこそ、荒れた屋内と人気のない雰囲気が、一層不気味だった。

たった一晩で廃墟と見紛う惨状に成り果てた空間に怯えながら、何度も後ろを振り返ってようやく阿字の寝室に辿り着いた。足元に気をつけながら、私は自分のリュックを手に取る。スマホとタブレット、日記と記録帳も無事だ。中に虫の姿はない。ホッとして、更に化粧ポーチや下着やシャツなど、詰められるだけの必要最低限の物を詰め込んだ。だが、女二人分の荷物はどうしても多くなる。救急セットは手で持って運ぶしかない。それとも、手提げ袋か何かがあるだろうか。

不安と恐怖で胸が押し潰されそうだった。人生で初めて、目の前に死が迫っていることを実感する。恐怖に崩れ、息ができなくなりそうだった。だが、立ち止まることは許されないのだ。

リュックを背負い、部屋を出た。確か、虫刺されの薬を阿字に出してもらった炊事場近くの部屋に、救急箱があったはずだ。そう思って、ふらつく足取りで部屋と救急箱を探した。

そうして桐箪笥や漆塗りの収納が並ぶ部屋を見つけ、私は急いで救急箱を取り出した。だが、綺麗にそれぞれケースに仕分けて収納されている。嘆息して、一緒に収められていた持ち出し用救急箱を引っ張り出し、ガーゼや包帯、消毒液など、必要な物の選別を始めた。

その時だった。

集中していた私は不意に、背後に人の気配を感じて、救急箱から目を離さずに選別作業を続けたまま、話し掛けた。「彰さん。悪いですけど、お薬少し持ってもらえますか?」

返事がなかった。疑問に思って振り返ろうとした、その瞬間だった。

ドタドタドタドタ

複数人が、同時に動き、同時に速度を落とす、あの足音だった。

手に持っていた医薬品や道具は、その音を聞いた瞬間に足元に全て落としてしまった。救急箱が大きな音を立てる。だが、背後の気配は動かなかった。

相手は、既に座敷に入り、私のすぐ後ろ数メートルで立ち止まり、ジィッ、と私を観察している。息もせず、声も上げず、意図的に追い詰めるでもなく、ただ、動けない私を狙っている。

今なら、僅かな気配で少しだけ分かる。

相手は、膝立ちしている私の頭よりも低い位置から私を見上げ、私を観察している。私を何かの基準で見定め、吟味しているような、そんな無機質な気配を感じていた。

冷や汗が吹き出し、動けない私の頬を伝い、ポタポタと畳にシミを作っていく。耳が痛くなるくらいの沈黙が続いた。

緊迫を破ったのは、彰さんの声だった。

彼の声は、私や背後の何かよりも更に後ろ、座敷と廊下に面している襖の向こうで聞こえた。

「そっちは、終わっ」

言い掛けて、彼の言葉は途切れた。

背を向けたままの私から彰さんの姿は見えなかったが、恐らく私と、私の後ろに居る何かを見たに違いない。

彰さんは、まるで大号泣する子供のような、ヒステリックな悲鳴を上げる。

「あああああああ！　ああああああああ！　ああああああああ！」

息が続く限りの悲鳴を上げ、喉が張り裂けんばかりに声を張り上げていた。だが、それでも彰さんは逃げ出そうとせず、最初に悲鳴を発した地点から動こうとしない。

ただ、その場で悲鳴を上げるだけだ。まるで、狂ってしまったかのように。

その声に反応した何かは、ダダダダ、とやはり一斉に歩き出し、彰さんの方へと進んでいく。彰さんの悲鳴は止まらない。

この機に乗じて逃げなければ、と頭では考えるが、走り出したら声が漏れそうだった。大きな足音を立てればすぐに相手が振り返り、私にその牙を向ける予感がしてならなかった。震える体をぎこちなく動かし、ゆっくり、ゆっくりと畳の上を四つん這いで進み、座敷を出ようとする。廊下に出て反対方向へ逃げてしまえば、そこはもう勝手口だ。すぐに外へ逃げられる。

敷居に手を掛けようとした、その時だった。

「あああああああああ！　あああああああぶっ」

不自然に彰さんの悲鳴が途切れると同時に、ぶちっ、という音がした。すると私の背後から目の前に、ごとん、と何かが飛んできて、畳の上に落ちてきた。

彰さんの、首だった。

ぐるぐる、と首は畳の上で何度か回り、やがてその動きを止めた。私の体は固まってしまった。彼の首の断面は、切られたというよりは、引き千切られたと形容するに相応しい不整合な断面をしている。彰さんの生首は、絶望の表情も恐怖の表情も浮かべていない。ただ、両目を見開き、口を限界まで開いた無表情が血まみれになって、虚な目で私を見ていた。

込み上げる吐き気を押し殺した刹那、私は悟った。

昨日村人を殺したのは、「こいつら」なんだと。

ぐちゃぐちゃ、と汚らしい音が背後から聞こえる。水をたっぷりと含んだスポンジに何度も噛み付いているような、そんな不快極まりない咀嚼音。脳裏に、頭部を失くした首に食らいついて、溢れ出す血流を暴飲する化物の姿が浮かぶ。

　私は堰を切って溢れ出しそうになる絶叫を飲み込んで、全力で這った。それでも、腰が抜けた私にろくな速度は出せず、ただ恐れをなして腕の力だけで必死の思いで勝手口へと向かった。

　何が起きているのか、確認する術はなかった。分かったのは、彰さんは「それら」の後ろ姿を見ただけのはずなのに、ただ悲鳴を上げる人形と化してしまったこと。そんなにも正気を失わせる程の何かを、何かは有しているということ。

　床を這い、勝手口のノブを回して外へと続くドアを開いたところで、ようやく両足で立つことができた。呼吸困難になりかかっていた私は、ガクガクと震える脚に鞭を打ち、家の外をぐるりと回って、軽トラの待つ玄関先へと向かう。

　軽トラが今まさに家の門を潜らんとしているのが見えた。荷台では、阿字と鵜飼さんが必死に運転席の男性を引きとめている。彰さんの悲鳴を聞いた運転手が、車を出して逃げようとしているのだ。

「待って！」

　私は叫んだ。酷く掠れて、すっかり乾いた喉からひり出したその声が、私の喉を切り裂く。それでも私の声を聞き取った阿字と鵜飼さんが振り返り、私を見つけた。そうして、運転席の屋根を叩いて必死に車を止めようとしてくれる。

　軽トラックは、少しだけ速度を落とした。私は全速力で、砂利を強く蹴って家の門を飛び出そうとする。

……その時背後で、私のものではない足音がした。

ザッ、と玉砂利を踏む音が後方からして、思わず振り返った。

書くのを躊躇う。見間違いであってほしいと思うが、何度思い出しても、一瞬だけしか見なかったそれは、しかしはっきりと見えた。

五メートル弱離れた阿字邸の玄関脇、中庭へと続く壁の向こう。

家の角のその向こう側に、阿字の父親の首があった。彼は、私の方を無表情に見ていた。

壁から覗かせているのは、頭部だけだった。それも、鼻の辺りから上だけ。肩も腕も指も、胴体も足も、私からは見えない。

ただ頭だけが、九十度横倒し状態になったまま、地面から十センチ程度の高さにあった。

頭を接地させずに横向きに倒れて、顔半分だけを覗かせている。言うなればそんな、不気味な姿勢。無表情なその顔は血で真っ赤に染まり、ただ精気を全く感じさせない空虚な目をカッと見開き、じぃ、っと私を見ていた。

その姿を見た瞬間だった。強烈な吐き気、体の芯を貫くような悪寒、そして絶望的な恐怖。そうした感情の波が一気に体を駆け抜けた。肉を、骨を、内臓を、見えない何かに一瞬、鷲掴みにされた感覚があった。その恐怖から逃げるために、喉の奥から、お腹の底から、全力で叫び声を上げてどうにか恐怖心を和らげたくなった。恐らく、彰さんがそう感じたであろうように。

だが私の体は、限界ギリギリでそれを踏みとどまり、全力で本能に従った。足を動かし、顔を逸らし、正面を向く。

見てはいけない。本能がそう叫ぶ。

あの首から下は、どうなっているのだろう。どうやって体を支えているのだろう。無事だったのなら、何故声を掛けてこないのだろう。あの首の下には、何があるのだろう。

あらゆる疑問から目を逸らし、私は徐行していた軽トラックの荷台に飛び込むと、両腕で自分の体を強く抱きしめ、ガタガタと震えた。阿字には、何も言えなかった。

きっと私はまるで精気のない顔をしていたのだろう。彰さんの悲鳴は何だったのか、彼はどうしたのか、家で何があったのか。鵜飼さん達は根掘り葉掘り訊きたかっただろうに、ただ、彰君はどうした、と一言尋ねただけだった。それに対し、私は荷台の隅で膝を抱えながら黙って首を横に振る。それ以上、誰も何も言わなかった。私は少しだけ吐いた。

時々虫を踏み潰しながら、車は五分も走っただろうか。軽トラックは、次第に私でも見慣れた道に入る。一昨日、村を挙げての祭事が行われた大きな広場だ。現場保全を名目として、櫓はまだ残されている。一種の幻想的な妖しさを醸していた空間ではあったが、警察が現場検証で残していった白線やビニールテープで、そのミステリアスさは消え失せている。それが、却ってここが現実であることを引き立てた。

最早、私達を取り囲む木々や山々の全てが脅威だった。

本当に、公民館や村の中心部にもっと虫から遠い場所はないのかと震える声で、運転していた男性に尋ねるが、答えは既に聞いた言葉しか返ってこない。明け方以前の時間で人が多く集まっていた場所程、未だに虫が屍肉を食らっているらしかった。ある程度の見晴らしが利き、かと言ってお互いを遠くに感じてしまう程に広くはない、身を守れる居住空間。そんな条件が揃っているのは、かろうじてこの霧吹山の神社だけなのだと。

広場には、私達の乗る軽トラック以外に何台も車が乗り捨てられていた。耕運機で乗りつけた者まで居る。幸い、近くに虫の姿はない。だが、木々などの自然が十分に広がっている真夏の空の下、蝉の音一つ聞こえないというのはとても不気味だった。

阿字は、私の手を引いて車から降ろしてくれる。鵜飼さんと運転していた男性(中村さんと言った)も、私達を挟んで守るようにして、ゆっくりと広場を歩いた。規則などなく滅茶苦茶に停められた車の隙間から、今にも虫が這い出してきそうだった。

広場から山へと続く長い長い石段は、朱色の門から始まっている。村を訪れた初日に見た、鳥居ではない、しかし神聖さを備えた神の門を示す造形の門である。私達が上る石段下方には、金山さんが落下した際に付着したであろう血痕が、まだうっすらと残っていた。そして、二メートル程度の幅しかない石段を、深い茂みが挟んでいる。そしてそよ風でさえざわめくその茂みが、一層私達の恐怖を駆り立てた。

いつ、自分達は食い殺されるのか。そんな不安を胸に抱き、ただ恐ろしさに顔を上げることもできず、私達は石段を上った。

息をするのも辛くなる程胸が押し潰されそうになった頃、ようやく境内に足を踏み入れる。

そこで私達を待っていたのは、一様に絶望の色を浮かべた群衆だった。

顔色は青ざめ、大抵の者は体の何処かに怪我を負っている。境内の中には、毛布を地面に敷いて横たわったまま立ち上がれない村人も居た。見える範囲だけでも四十人近い村人が居ただろうか。

その中の半数程である高齢者が中心になって、私達……もとい、阿字の姿を見て取った瞬間、絶望の中に一縷の光を見つけたような顔をして、ゆっくりと近付き、震える手で手を伸ばし、縋ろうとした。

口々に、彼らはそれぞれの望みを呟いた。救済を求めるその言葉は、当然で道理なものであると同時に、あまりにも身勝手に感じられる。

昨晩、車を揺らして乱暴に騒いだ村人達と根元的に変わらない。苦しんでいるのは、何も彼らだけではないのに。

通してください、と私は阿字を支えながら前に進もうとした。お前には関係ないだろうと、救いを嘆願した言葉を紡いだ同じ口で、悪意のこもった罵詈雑言が紡がれる。私は体を引かれ、押され、無理矢理体を阿字から引き剥がされそうになったが、鵜飼さんと中村さんが私達二人を守ってくれた。当然二人も攻撃の対象になった。

不安、恐怖、未知。それら全てが群衆の思考力を摩耗させ、ストレスのはけ口の手段を削ぎ取っていった。はけ口は、より安易な暴力や罵声という手段へ移行する。その相手が私達、そして「全責任を担っているはずの」狗神様だ。

この瞬間、私は、そして恐らくは鵜飼さんも気付いたに違いない。

狗神様とは守護神ではなく、人柱に過ぎないのだ、と。

村人を贄として捧げていた時は、確かに守護者としての意味合いがあったのだろう。だが、贄としての風習がなくなった今では、狗神こそがあらゆる凶事の矢面に立たされる。しかし、平穏な生活が日常でしかなくなった現代では、その効果を崇め、讃えるものは居ない。

奉る対象の居なくなったこの宗教の意味、そしてそんな宗教を生活習慣の基底に根ざしているこの村に、何が起きているのだ。

幸いにも、縋るよすがを必要としないその他の村人の手の助力によって、私達は一時解放された。そして私と阿字は、神社の本殿の中に通される。

「女性はここに居ていいらしい」

鵜飼さんが言って、外から引き戸を閉めた。しばしのお別れが心細い。

蝋燭の灯りがぼんやりと、陰気な本殿を照らし出す。そこには確かに、怪我をした女性や子供がそれぞれグループを作ったり横になったりして、じっとしていた。言葉でやり取りをする際は、お互いがかなり声を抑えてヒソヒソと会話をする。とても閉鎖的な雰囲気に、しかしこの時ばかりは安堵した。必要以上に気を使う必要もない。何より、今の阿字には一人でゆっくりと落ち着く時間が必要だ。勿論、私にも。

終始無言なまま無表情な阿字に、私は辛うじてリュックに詰めてくることができた救急箱の薬を使い、彼女の傷の手当てをした。白く透き通っていた足は、何十箇所も虫に噛まれている。それでも、裸足で逃げていた私よりも咬み傷は少ない。私は足の裏の皮が裂け、捲れ上がり、今やろくに立ち上がる気力さえ湧かない。逃走中は、恐らくアドレナリンが痛みを和らげていたに過ぎないのだろう。

だが、私と違う傷が阿字にはあった。

トラックに引き上げた直後にはまだなかったが、時間を置いて両脚に浮かび上がったそれは、鞭か触手のような形状をした何かに強烈な力で巻きつかれたらしい傷痕を残している。恐らく、これが水田の濁った水の中で彼女を離さなかったものの正体だろう。だがそれは、植物の蔓や頭足類の触腕よりもずっと長く、太い。

人間の手に掴まれたら、きっとこれくらいの痕が付くのかもしれない。けど、それは有り得ない。虫で溢れるあの水の中を、人が潜れるわけがない。

無益な思考を巡らせたけれど、答えなんて出なかった。

一通りの手当てをした後、阿字は「ありがとう」と一言だけ私に言って、そのまま横になり、本殿の隅で泥のように眠ってしまった。私は自分の足と腕を消毒して、靴下のように足にぐるぐると包帯を巻く。ついでに、随分増えてしまった蚊に刺されにも薬を塗った。

ようやく、ゆっくりとであれば歩けるようになり、そうなると外の空気が吸いたくなった。余った包帯や消毒液を、本殿の中で怪我をしているらしい人に分けてから、私は引き戸を開けて外に出る。そうして、賽銭箱の隣に腰を下ろして境内の村人達をぼんやりと眺めた。

怪我をして動けない者、何処を見るともなくただ無心に狗神へ祈りを捧げる者、様々だ。動ける者の大半は、神社を囲むようにしてありったけの香や蚊取り線香を焚いて、団扇やヤツデの葉で、本殿を中心として放射状に煙を扇いでいる。子供の笑い声一つない陰鬱とした光景は、見ていて気持ちのいいものではなかった。

鵜飼さんがゆっくりと私に近付き、隣に腰を下ろす。私は軽く会釈をするだけで、申し訳ないと思いつつも何も言わなかった。口を開くことさえ億劫だった。気にする風もなく、鵜飼さんは口を開く。努めて自然に、気を負わせようとはしまいとするように。

「私に手伝えることは少ないかも知れないけど、何かあったら頼って欲しいんだよ。仮にも教鞭を振るっている立場だからね。……教師ではないけれど、若い人達の役には立ちたいんだ」

十分力になってくれています、と必要最低限の言葉で、しかし正直に答えた。今、親身になって話ができる人間は、阿字の他には鵜飼さんしか居ない。こうして何げない会話の相手をしてくれるだけでも、私にとっては充分救いになっている。現状が変わるわけではないけれども。

そんな私に、鵜飼さんは少し言いにくそうに尋ねた。「私も、少し君に頼らせて欲しいんだけどね……昆虫が、意図的に人間を襲うなんてのは、有り得るのかね」

私は、ない、と即答した。億劫な口をゆっくり開く。

「巣を襲う外敵や天敵に対する防衛機構やプロセスは本能の中に構築されてますけど、捕食対象でもない人間を狙って襲うなんて、考えられません」

だが、現にそれは起きた。その目的も理由も、何もかもが不明なままで。正直な話、論理立てて説明しろという方が無理な話である。

だが、一番理解できないことが一つある、と伝えた。

虫は、世界で八十万種以上存在する。当然ながら、その特性、能力、捕食対象、分布、そして何より行動パターン、これら全てが一種類毎に異なる。その虫が一斉に、本来の捕食対象を無視して人間を襲い始めた。しかも、同じタイミングで。

常識でも理論でも、説明などできなかった。だが、もし超常的な説明が許されるのだとしたら、一つの可能性はある。

ミームという言葉を知っていますか、と私は鵜飼さんに尋ねた。彼は首肯し、「諸定義はあるが、大枠として共通しているのは、種としての文化や社会的な共通意思が言語以外の手段で伝播し、他人へとコピーされていく……そのことだろう」と答える。

例えば、『赤』という言葉が生まれ、その意味が定義された時。『林檎』は『赤い』という認識が生まれる。この認識を、言外に共有し、他人と認識する環境を持つこと。それがミームの獲得だ。

「文化的な定義ではそうです。ただ、私も詳しくは知りませんが、生物学的な定義から見るミームは、また少し違うらしいんです」と、私は手短にその意味を伝える。

生物の根源的な目標は、種の保存ではない。

遺伝子という側面から生物の目標を考察した場合、求められるのは遺伝情報をより多くコピーするという、その一点に集約される。遺伝子情報に多様性を持たせる工程が突然変異であり、その突然変異種の中から環境に最適な種が生き延びることが自然淘汰だ。こうして振るいにかけられた遺伝子情報を持つ個体の拡散こそが、生物の「進化」となる。だが、私が山に生息する虫を調べた限りでは、生物相に異常性は認められたものの、虫の形状や特徴は一般的な虫と全く変わらない。それからたった一日二日で村中の虫の突然変異種が人間を襲うという可能性は有り得ないものと考えていい。

遺伝子の「進化」が精神世界でも発生するこのプロセスのことも、ミームと呼ぶ。

そうであれば、犬啼村の虫に起きたことは、このミームの感染、或いは汚染ではないだろうか。

虫のＤＮＡは人間よりも多く複製されているが、遺伝子の重要性が自己複製である以上、虫が人間のような知能を持つことは有り得ない。ならば、虫の遺伝子情報としての行動原理が変化したのではなく、種としての虫が持つ意思が、何かによって上書きされている、若しくはコントロールされているのではないだろうか。

ミームの形成とは、要するにコマンドプログラムだ。生まれたばかりの赤ん坊には何の知識もなく、信号機の色は彼らにとって意味を成さない。だが成長するにつれ、子供は赤、黄、青の三色が持つ社会的共通認識を持つようになり、知識というプログラムをインプットされる。これがミームの感染と呼ばれる過程だ。

この内、ミーム感染の原因要素となるものをマインド・ウイルスと呼ぶ。それは拡散されるソーシャルネットワークの情報であり、マスメディアであり、政治、そして宗教でもある。

断言することはできない。だが、虫という広義的な種を統一し、統率するためのマインド・ウイルスが存在し、それが人々を襲わせているのではないだろうか。

「テレパシーでも使っているというのかい」

疑わしげに鵜飼さんは訊き返した。私は直接その質問には答えず、一つの例を出した。

ゴキブリを、或る仕掛けの中に入れる。進んだルートは枝分かれしており、Aのルートには毒入りの餌が、Bのルートには通常の餌がある。当然、ゴキブリは半々の割合でそれぞれのルートを選び、やはり半数が毒物により死ぬ。

だがその実験を繰り返す内に、ゴキブリは新規の個体でもBのルートしか選択しないようになった。勿論Bのルートを選んで生存した個体は、装置未経験の個体とは隔離して保護していた。フェロモンや伝達行動で情報を共有させたとは思えない。

虫には、解明されていない文化的ミームが存在する可能性がある。虫が人を襲ったのがミーム感染によるものであっても、根拠はなくとも説明はできる。

では結局、マインド・ウイルスが何なのかが大きな疑問となる。

根本的に相応の知能しか持っていない虫の中の一匹が、突然「人間を襲う」というミームを、種を超えて共有と伝達ができるとは到底思えない。一見単純なプログラムのようでいて、しかしこれを実行するためのコマンドは、虫の情報処理能力を考慮すれば非常に複雑なのだ。

虫を統率し、高い知能を持ち、リーダーの役割を担う、虫の上位種が要る。

……それが、この村に根付く奉森教の秘密なのかも知れない。

私はそう、鵜飼さんに伝えた。鵜飼さんは、ううん、と唸って黙ってしまう。

私も鵜飼さんも、薄々気付いている。今回の一件は、論理的・科学的な説明ができない何かが関わっているのだと。だから、空想の域を出なかったとしても、一応の説明ができる可能性について疑ってはならないのだと。

ふう、と嘆息して、鵜飼さんは腰を上げて境内の石畳へ降りる。「村の人達を、手伝うよ」

私も手伝いますと腰を上げようとしたところで、鵜飼さんは私を制止した。足の傷が酷いのだから、まずはそれを治すのが先決だと。

「歩行に不自由がなくなったら、周りの方の手伝いをしなさい。それまで、自分でできることを探しましょう」

言って、鵜飼さんは香の煙を扇いでいる内の一人と交替しに行ってしまう。

できることとは、何だろう。

私には、こうして日記に仔細を書き、何かが起きた時のために備え
（宇津木注・不自然ではありますが、ここで一度文は切れています。左記の通り、以前のページを捲っていたのだと思われます）

そうだ、私はこの日記を書いている。記録を付けている。覚えている限りで、無駄と思われることも、全て。この村に来てからの記録は全て残しているのだ。

その内、この事件に明らかに関わっていると思われるものの中に、気になる言葉があった。昨晩私達の乗った車を揺らしていた群衆の中に、確かに次の言葉があったのだ。

「子供が、申し訳ない」

この言葉は、どういう意味だろう。まだ虫が人を襲う前、四人の村人が殺された後に発せられた言葉だ。子供の不安を取り除いてやれない自分が申し訳ないからどうにかしてくれ、と強引に

読み解いたとしても、それならば「子供に申し訳ない」と言うべきではないだろうか。

疲弊した頭をフル回転させるが、やはり、この言葉を聞き違えていたとは思わない。確かにこの声は、私が近くで聞いた声だ。だからこそ、はっきりと思い出せる。この発言をしたのは男性だったはずだ。座席に座る私のすぐ外の窓で、涙を流しながら手を窓に押し付けていた。訴えるような怒りの表情を見せる群衆の中で、彼だけが泣き顔をしていたのも印象に残っている。

子供が申し訳ない。子供が、申し訳ない。

……子供が。申し訳ない。

あの言葉は、二文に分かれていたのではないか。

自分の子供がしでかしてしまい、申し訳ないと。

つまり。

あの男性とその子供は、何が起きたのか知っている？

この村の人口はそう多くない。あの男性とその子供が何か知っているとすれば、何としても見つけ出して手掛かりを掴まなければ、最早この現状を改善する手段など全て消え失せてしまうだろう。

今この村の外部との連絡手段は、全て虫達によって断絶された。この村の中で、私達は外部の手を借りずに事態を収束させなければならない。

恐らく、異変に気付いた誰かがやってきたとしても、電話線や電線を襲いにかかる連中だ。十分に森の中に入り、そして車から出てきたところを襲撃し、決して一人も帰さないだろう。

八月十四日　午前十一時三十分　境内

私達が逃げなければならない。そのためにも、この親子を見つけねば。

ひとまずの解決手段を見つけた途端に眠気が襲ってきた。見回せば、本殿の中で休んでいる人は誰も言葉を発さずに眠り込んでいる。

私も、少し眠りたい。

## 八月十四日　午後二時十八分　本殿

休ませて欲しいのに、混乱は続く。船頭は浸水よりも船火事を恐れると言うが正にその通りで、混乱の中、仲間内で発生するトラブルのストレスは、外敵から与えられるそれよりもずっと大きく、余波を残す。

私が眠りこけていると、急に隣で眠っていたはずの阿字が暴れ出した。悪夢を見ているのかと慌てて目を覚まして寝ぼけ眼で隣を見れば、彼女は見知らぬ女性に跨られ、首を絞められていた。女性の形相は怒りに歪み、しかしそれが唯一の希望であるかのような悲壮感に満ちている。

私は急いで立ち上がり、女性に体当たりして阿字から引き離した。彼女はもんどり打って倒れるが、すぐに必死の形相のまま体を起こし、阿字と、阿字の体を庇う私に向かって飛び掛かってきた。異変を察して慌てた何人かの恰幅のいい中年女性が、魔の手を遮った。床に押さえつけられてもなお抵抗し、阿字に手を掛けようと手を伸ばすその姿に、私達は震えた。

「狗神なんだろ、殺しなさいよそいつ！　そいつさえ殺せばどうにかなるって！　でなきゃ、旦那も、娘も無駄死にだろ！　おい！」

根拠もなく女性はそんなことを叫び、目を血走らせていた。阿字も私も、まだ自由が利かない体を抱えあって震え、ただ怨嗟の言葉を吐き出しながら取り押さえられる女性に、怯えるだけだった。

　騒ぎを聞きつけた村の男衆数人も手伝い、阿字を殺そうとしたその女性は両手を背後で縛られ、足首も拘束されて本殿の外に出された。猿轡（さるぐつわ）をさせるのは流石に如何なものだろうかと阿字本人を交えて複数人で意見が交わされたが、のべつまくなしに罵詈雑言を並べ立て情動を掻き立てようとする彼女へのやむなき措置として、猿轡をすることとなった。

だが、既に彼女の吐いた毒は、精神を摩耗させた村人達の心に揺さぶりを掛けている。

薄暗い本殿の中で、私達はその気配をはっきりと感じ取っていた。

私と、そして阿字に対する怨嗟と怒りの感情が、本殿の中にゆっくりと充満していった。

## 八月十四日　午後二時十八分　本殿

## 八月十四日　午後三時二十二分　本殿

一眠りして、ようやく空腹を感じる程度に心は落ち着いた。だが、ここにはろくな食料がない。そもそも、着の身着のままで逃げてきた者がほとんどだ。お香も、この本殿に安置してあったものを引っ張り出して使用しているに過ぎない。そんな状況で、高望みなど何もできはしない。

時間が経過するにつれ、私達の胸中に新たな不安が押し寄せる。

神社と森を隔絶する香がなくなった時、私達の命は、どうなるのだろう。

香で囲まれた境内の外に出る勇気のある者は居ない。私達が逃げ込んできたのを最後に、新たに誰かが迷い込んでくることも、物資を探しにいった者が戻ってくることもなかった。

香の煙は、保って日没頃までだろう。それまでに、私の足は自由に歩き回れる程度に回復するだろうか。いや、回復させなければならない。ここを逃げ出さなければ、阿字に手を掛ける人間が、徒党を組む可能性が出てくるのだ。

もう一眠りして、せめてスタミナだけでも回復しておきたい。私は、震える阿字に寄り添いながら、壁に背を預けて、本殿の隅で静かに三度(みたび)、浅い眠りに就くことにした。

# 八月十四日　午後五時四十一分　境内

包帯でぐるぐる巻きになった足の裏を指で強めに押す。特に痛いという感覚はない。普通に歩く程度ならなんとかなりそうだった。私は阿字を揺すって起こし、一緒に行動しようと持ちかける。彼女は何も言わずに従った。

日が傾き、分厚い雲の向こうに沈み始めた太陽の西日がギラギラと神社を照らし出す。私は、廻り縁を歩いて人の少ない場所を選び、阿字に父親と子供のことを教えた。二人を見つけたところでこの状況から逃げ延びる成功確率が上がるとは言い切れないが、他に事件解決に繋がる糸口は無さそうだ。

阿字は精気のない顔で、しかし視線はしっかりと私を捉えたままで頷いた。

神社の境内を香の煙が囲っている状況で、その範囲から外に出る者が居るとは思えない。廻り縁を一周して境内の人間を見回せば、すぐに見つかるはずだ。生きていれば。

私達は並んで、ゆっくりと神社を一回りしながら親子を探す。子連れと思われる男性を見つけては境内に降りて話しかける、ということを何度か繰り返すが、二十分近くかけて探し回っても、件（くだん）の男性は見つからない。

二巡して探すも、新たに親子の影を探すことは敵わない。

「子供の方を探してみる？」

阿字が提案した。確かに、総人口の少ない村では子供の方が目立つ。そうして注視してみると、子供だけが一人でウロウロとしている何人かが目に付いた。流石に緊張した空気を感じ取っているのだろう、明るくはしゃぐ子供は居なかったが。

だが、特別に気落ちしている様子の子供が一人居た。

決して明るい雰囲気ではない空間の中で過ごす子供達の中でも輪をかけて暗い表情で、焚き火の傍で膝を抱え、一心に火を見つめている。それ以外の物全てから目を逸らそうとするように。

私達に横顔を見せる形で座り込んでいる少年であったが、ただ何も分からずに場の空気に飲まれて口を利けなくなっているだけの子供とは、様子が違っていた。

私達は廻り縁から降りて、その少年にそっと近付き、阿字が少年の傍に歩み寄る。

「ねえ」

阿字が腰を屈め、優しく声を掛ける。疲労困憊している様子を表に出さず気丈に振る舞うその様子は、狗神としての役割を担わされている故だろうか。

気を許すと思った。だが、少年は阿字の姿を見て取ったその直後、顔を引きつらせて勢い良く後ずさりし、隣で同様に火を囲んでいる主婦達の一人の背に隠れた。服を掴んでガタガタと震えるその様子は、捕食者に睨まれたか弱い兎のようだ。余りに過剰な反応に、私も阿字も驚いた。

すると、彼を背にしている主婦が申し訳なさそうに答える。

「涼ちゃんね、一人で逃げてきて……この調子なんです。狗神様、堪忍してくださいまし」

「一人？　父親は、どうしたの」

阿字が尋ねると、女性は悲痛な表情を浮かべ、「この子はここに、一人で来ました」とだけ簡潔に答えた。

深くは追求しなかった。ただ、子供連れの父親が確認できなかった理由は判明する。……知りたくはなかったけれど。

ねえ、と再び阿字が少年に近寄って声を掛けようとする。だが彼は、彼女を過度に恐れ、「ごめんなさい、ごめんなさい……」と同じ言葉を繰り返すだけだ。

父親と、同じ言葉を。

そして私は、初めて彼が発した言葉を耳にして、気付く。

この子は、私が夜に山で虫を捕獲する罠を仕掛けている時に見掛けた、二人の子供の内の一人だ。

そして改めて日記を読み返した私は、この少年と少女が発していた言葉を思い出す。私はしっかりと書き残している。二人は、お前のせいだ、そっちのせいだと言い合っていたと。

私と阿字は丁寧に少年・涼君を説得して、まずはなるべく他人から離れた場所へと連れていくことにした。だが、何処も人が休息して疲弊している広くない境内で、完全に人目のない場所を見つけるのは難しい。

途中で、煙を扇ぐ係を交替した鵜飼さんとも合流し、簡単な事情を説明する。そういう事なら、と鵜飼さんは神社の軒下を指差した。薄暗く、視界が悪い。虫がいないだろうかと渋っていると鵜飼さんは、「ここをねぐらにする前に、村の人達が徹底的に掃除したから、大丈夫だよ」と言い聞かせる。まあ、六時間以上居て襲われていないのだから、少なくとも虫の心配はしなくてもいいかも知れない。そう結論づけて、私達四人は腰を屈めて、神社の軒下に潜った。

少年にとっては特に背中を曲げる必要もない程度に高い軒下に入ると、私達以外の人の気配がフッと消える。或る意味では、この空間が一番落ち着ける場所かも知れない。さて、と腰を下ろした鵜飼さんが、少年に対して気さくに話し掛ける。学生相手に人気の講義を繰り返してきた鵜飼さんだからこそだろう。そう時間を置かず、涼君は知っている話をポツリポツリとしてくれた。

一言で話をまとめると、現在この村で起きている元凶の全てが自分の責任だと、涼君は考えているらしい。

涼君はやはり、先に私が日記に書いた通り、祭り前日の設営時に広場ではしゃぎすぎ、設営テントを倒してしまった兄妹の兄だった。

やんちゃで悪戯好きの兄妹だった。その傾向は、今年小学校に兄が入学してから一層強くなり、兄妹共々、外で遊んでは怪我を作って帰ってくるくらいだった。

そうして両親も扱いに困り始めた頃に、三日前のあの事故である。

周囲の大人達の多くは「怪我がなくて良かったね」と特に問題にしなかったが、両親は笑って許すわけにはいかない。兄妹を叱らなければならない。

妹の冬香ちゃんは反省の色を見せたものの、涼君は小学校に上がってからのわんぱくぶりに自信がついたためか、反抗心に拍車が掛かり、父親に食って掛かったのである。妹もそんな兄に追随し、なし崩し的に父に反抗してみせる。

反省の色無しと判断した父親は激怒し、そして彼らに『お参り』を命じた。

涼君は、この時初めてこの村に『お参り』という風習があること、そしてお参りさせられる場所を知った。二人だけで夜中に慧慈山まで行き、そして戻ってくる。たったそれだけの、この村で伝わる子供への「お仕置き」だ。阿字の父親は、それをさせるのは物事の道理が分かり始める年齢になってからと言っていたが、涼君の父親はよほど彼のことが腹にすえかねたのだろうか、それとも慣習のことを忘れていたのだろうか、今ではもう分からない。

思えば『お参り』は、この村で大人になったことを自覚させる、成人の儀式の一種だったのかも知れない。

ともかく、そんな『お参り』を、兄妹は幼くしてすることとなった。

涼君は最初、それだけかと馬鹿にしていたそうだ。お参りの場所に行った者が一様にそのことに関して沈黙を守る程のショックを受けるというのも嘘っぱちだと、たかをくくっていたらしい。だからあの夜、彼は妹と仮面を被り、意気揚々と慧慈山へ向かった。彼が手を引く妹の体は震えていたが、彼は気にしなかった。もし何かあっても自分が妹を守ってみせると、固く誓っていた。

そこまで話した涼君は、しばらく口を閉ざす。暑さのせいだけではない汗をダラダラと流し、強く歯を噛み合わせている。私達は急かさず、彼が口を開いてくれるのを待った。やがて、彼は続ける。

「ほんとうに、話しちゃいけないんだっておもった」

説明はできない。人が違和感や異質さを感じる元凶と本質は、その空気と情景にあるのだ。ましてや子供の見識で、何があったかを上手く説明することはできようはずもない。

鵜飼さんはただシンプルに、何があったのかを訊いた。涼君は答えた。

「月が出てたはずなのに、ものすごく暗かった。森の木も、見たことないくらいにたかくて、葉っぱがすごく上の方についてるばっかりで……木がね、たくさん生えてるのに、森の中がすごいからっぽな感じ。でも、木がじゃまで、遠くまでは見えないんだよ」

虫の声もほとんどせず、空気もより冷たく、ベタつくものに変わったと言う。それでも、まだ父親に教えられた『お参り』の場所の目印は見えなかったらしい。

「目印って」

私が尋ねると、しめなわ、と彼は短く答えた。

注連縄。神の住まう場所と人間の世界を隔てる境界線を示すもの。奉森教にも、その形式は存在しているようだ。或いは、今私が想像している従来のそれとは違うものだろうか。

注連縄は、木々のずっと高いところで結ばれていたそうだ。彼らが立つ場所から、左右へとずっとずっと、森の中へ伸びていたと。だがその注連縄（しめなわ）の続く先を良く観察してみると、緩やかな曲線を描いていたらしい。涼君達が進もうとしていた先の広い広い空間を、円で囲んでいるかのように。ここから先の領域には、決して足を踏み入れてはならないというように。

冬香ちゃんは、もう帰ろう、と泣いて懇願したらしい。涼君もそうしたかっただろう。だが、父親の言葉通りに未知の空間に対して怯えきっている自分が許せずに、彼は妹の手を離さないまま、一歩、二歩、と注連縄の領域の中へと入っていった。

「お父さんには、注連縄の中には絶対に入るなって言われた」

絶対やるな。それは、子供に対しての禁句。好奇心を抑え切れず、約束を破らせてしまう言葉。だからこそ、『お参り』の存在は普段隠匿されているのだ。そんな子供特有の天邪鬼(あまのじゃく)さえも捩じ伏せてしまう程の禍々しい雰囲気がその空間には存在しているのだろうが、今回に限っては、涼君の負けず嫌いが恐怖を上回ったらしい。

彼は、注連縄の中に入った。曰く、その瞬間に虫の音や木々のざわめきがスッと消えたらしい。そして彼は、そこから更に少しだけ進んで、足元に落ちている、握り拳程度の大きさの石を拾い上げ、それを注連縄の中に入った証拠として持ち帰った。

勿論、そこで拾った石など、『お参り』にちゃんと行ったかどうかの証拠にはならない。ただ、子供特有の自尊心がそう判断させたに過ぎない。しかしそれでも、涼君は誇らしかったらしい。泣きじゃくる妹の手を引っ張り、石をポケットに入れて、涼君は注連縄の領域から一歩を踏み出した。

その瞬間に注連縄の陣地の中から、獣の唸り声でもない、虫の鳴き声でも木々のざわめきでもない、何かの声を聞いたと言う。

葉擦れの音さえ消えたと錯覚しそうな、耳の痛くなる静寂の中、異質な呻き声が、遠くからやけに大きく響いて聞こえた。

　姿は見えなくともその声達が、涼君と冬香ちゃんに向かって、どんどん近付いてくるのが分かった。

　その後は、ただ無我夢中に山道を走って下り、家へと逃げ帰ったらしい。その様子は、私が肉眼で確認した通りだ。私が山から離れて宿へ帰る途中に遠くで見た騒ぎは、涼君達が戻ってきたのを見て喜び合う大人の騒ぎ声だったのだ。

「親御さん達は、誰か他の人に、君ら兄妹の『お仕置き』について話した？」

　そんな鵜飼さんの問いに、涼君は首を振った。つまり、広場で涼君が叱られていた時に傍に居た者しか、彼が『お参り』に行ったことは知らない。そして、彼がそこから石を持ち出したことを父親に告白したのは、金山さんが死んだその晩だったと言う。

「何で、石を持ってきたことが関係してると思ったの」

　阿字が優しく尋ねると、涼君はゆっくりと答える。

「金山のおばさんが、ものすごくこわがってたのに、かいだんから落ちる直前に、笑ったでしょ。あんな感じが、ぼくもしたんだ」

　言われて、私はゾクリとした。阿字の家で見た、奇妙な父親の頭部。生きているかも死んでいるかも分からないあの顔を見た瞬間に全身を貫いた、脳みそをかき回されたような絶望感と苦しみと恐怖。あれを、涼君も感じたのだ。

「山からにげる時。……！こわいのか何なのか分からなくて、それでもちょっとでもあのすがたを見ただけで、体がさむくなったり、トリハダが立ったり、頭の中をかき回されたみたいでね、悲鳴が出そうになったり笑い出しそうになったり……デタラメなこととしたくなるくらい、こわくなったのね。石もちだしたのと同時にね、すごくそんな感じがしたんだ……」

鵜飼さんも阿字も、涼君のその言葉にピンと来ていない様子だった。

唯一私だけが、涼君の言葉に共感し、同時に寒気を感じていた。

恐怖、悪寒、狂気、異常性。それら全てが一挙に頭の中に流れてくるあの感覚は、立ち会った者でしか分かり合えないだろう。見てはいけないもの、触れてはいけない世界のものに触れ、知るべきではないことを知ってしまった、そんな背徳感にも似た感覚は。

「今も、その石は持ってる？」

鵜飼さんが訊くと、涼君は右ポケットを手で無意識にだろう、押さえながらコクリと頷いた。

「君を追ってきた相手は、見たの？」

私は訊く。涼君は、直接は見ていないと答えながらも、不気味な言葉で証言を締めくくる。

「でも、人でも虫でもなかった」

八月十四日　午後五時四十一分　境内

　これが、昨晩彼の父親が漏らした謝罪の言葉の正体なのか。この少年も父親も、自分達のせいで人ならざる者が村に現れ、人を殺したと信じきっている。その罪悪感と絶望感が、彼らを苦しめている。お父さんと冬香ちゃんはどうしたの、と訊くと、涼君は涙を流して泣き始め、それ以上質問できなかった。

涼君を焚き火のすぐ傍に帰し、主婦のおばさんに面倒を見てもらうよう頼む。彼女は快く引き受けてくれた。そんな彼らには聞こえないようにして、私は阿字と鵜飼さんに小声で話しかけた。彼の話は、何処まで本当でしょうか、と。

「お仕置きはともかくとして、彼のご両親はしっかり教育しておられた様子だ。この状況で泣きながら嘘をつける程、ずる賢い少年には見えないね」

鵜飼さんが答える。それは、私も阿字も同感だ。そして今のこの段階で超自然的な存在を頭ごなしに否定する気は起きない。

だがそうすると、「何か」が村を襲ったのは涼君が石を拾ってきたことが契機になったとも思える。そんな馬鹿げた話があるものだろうか。すると、鵜飼さんは至極真面目な顔をして答えた。

「黄泉竈食ひ（よもつへぐい）、という言葉は知っているかい？　黄泉の世界の食事を口にすると黄泉から出られなくなる、と。こうした『現世の人間が異界のものを奪うこと』に対する罰の話は、世界的によく見られる骨子だ。或る場所から離れる際に決して後ろを振り返ってはならない、というパターンにも共通するものがあるね。旧約聖書のソドムとゴモラの話でも、ロトの妻が街を離れる際に振り返ったために塩の柱にされてしまったくだりがある。現世の人間から見て、どれだけ小さくてくだらないものに思えたとしても、そのルールを作った神様や超常的存在にとっては、その人間の資質や本質を判断する重要な指針になったりもする」

今回の「相手」がどんな連中かは分からないが、人間の理屈が通用する相手ではないだろう。

八月十四日　午後五時四十一分　境内

鵜飼さんはそう言ったが、では、どうすればいいのだろう。すると、深いため息をついて鵜飼さんは続けた。「奪ったものを返して赦しを乞うのが、こういう物語の定石だよね」

とにかく、一度落ち着いてからどうするか考えよう。鵜飼さんはそう言って、私達から離れていく。残り少ない香をどうするか、話し合いに行くらしい。阿字も、狗神としてその話し合いに出席しないわけにはいかないという。

一緒に行こうか、と私が訊くと、阿字は首を振った。

「一人で、何とかしないといけないから」

この状況で、彼女はこれから先をしっかりと見据えている。だからこそそんな言葉を口にした。今、そんな彼女のためにしてあげられることはとても少ない。私はただ、記録を残すだけだ。皆が精神を摩耗させ、独自の理論でとんでもないことをしでかすのではないかという恐怖に慄きながら、ただ全てを記さなければならない。

そろそろ日が暮れる。皆が不安になる。一体これから先、どれほどの苦

（宇津木注・ここで文章は不自然に途切れ、ページを改めて新しく続きが書かれています。これから先の記述を参考にするに、何かが彼女達避難者を襲撃し、筆記を中断せざるを得なかったものと思われます。

また不思議なことですが、これより以降の文には日付も時刻も記載されておらず、また日記という体裁を半ば放棄したかのように叙情的な書き方をしており、いわゆる小説のような書き方に

近付いていました。全て一続きに最後まで一気に記述が続きます。詳しい事情は私にも分かりませんが、補足まで。

尚、ここから日記中にはどう考えても不自然に挿入されている単語や描写が幾つも入るようになっています。最初は見間違いかと思いましたが、文字は全て整然とした調子で書かれているため間違えるはずもなく、結局は不自然な挿入には手を加えず、なるべく原文のままの記述をさせて頂いております。ご了承ください）

日がかなり傾き、西日が遠くの山の峰を縁取った。そんな時刻に、一人の悲鳴が境内にこだました。

初めは、また子供が重圧に耐えかねて上げた叫び声かとも思ったが、すぐにその声が成人女性の口から発せられる長い長い悲鳴だと気付く。私は体を硬直させ、まさかと思いつつも万が一に備え、荷物をバックパックに詰め込んで背負い、本殿を飛び出した。

境内で大人達が狼狽(うろた)えながらも、何人かが、悲鳴の聞こえた神社の裏手へと走っていく。ほとんどの者は体を硬直させて動けないままだ。私は体こそ動かせたが、悲鳴の聞こえる方へ行ってはならない、と直感して、身を低くして賽銭箱の陰に隠れ、様子を窺っていた。

やがて、幾人かが一人の女性を抱えて戻ってくる。悲鳴の主は彼女だった。腕を抱えられて引きずられながらも、彼女は甲高い絶叫を息の続く限り、ひたすら出し続けていた。

ああああああああああああ、と叫んで息を思い切り吸い、また叫ぶ。人に抱えられてはいるが、抵抗して暴れる素振りは一切ない。あらん限りの大声を捻り出すことだけに全神経を集中させているかのような、ただの悲鳴とは異なるその不気味な光景に、人々は身をすくませる。

一方で私は、恐怖に身をガタガタと震わせていた。

見たのだ。

直感し、震える体に鞭打って賽銭箱の陰から飛び出し、阿字を探した。彼女は、本殿の中で悲鳴を聞いて恐怖に震える村人達を宥め、励ましていた。私はそんな彼女の肩を乱暴に掴み、ここから逃げよう、と強く言った。

「神様達に許してもらうの」

「許してもらうって、何を」

「涼君のこと」

私は有無を言わさず、阿字の手を引いた。涼君、と私は叫び、少年の姿を探す。すると彼は先程と同じように、廻り縁の下で膝を抱えてガクガクと震えて小さくなっている。私は阿字の腕を引きながら彼に駆け寄り、叫んだ。まだ石は持っているんでしょう、と問うと、コクリと彼は頷く。一緒に、神様の所に謝りに行こう。叫ぶが、怯えた顔をしてただ泣きじゃくるだけの涼君は、嫌だ、怖い、と言って聞かなかった。

私も一緒に行ってあげるから、と説き伏せて、強引に彼の手も引いて連れていく。途端に、彼は声を上げて泣き始める。けれど私は構わなかった。泣き声は、悲鳴は、境内の中で徐々に広がっていく。

「何が起きてるの」

阿字が戸惑いながら叫ぶ。分からない、でもろくなことじゃない、と私は答えて、神社と外界とを隔てる、香の結界を飛び越えた。

途端に、虫がざわめき出した。

蝉はジイジイとやかましくがなり立て、羽虫はブンブンと唸りを上げる。

階段を駆け下りて数秒としない内に、境内の方向から新たに複数人の悲鳴が響き渡る。

ねえ、何が起きたの。阿字が再び叫ぶが、私は答えられなかった。答えたくなかった。

きっと、彰さんを襲い、金山さんや村の人達を殺した「連中」が現れたのだ。阿字邸でそうしたように、虫達が人を襲えるようにするため、虫除けの香や蚊取り線香を薙ぎ払い、そして虫と共に私達を殺しに来たのだ。

私は涼君の手を引き、階段を駆け下りる。阿字も私に続いた。ざわざわと、葉擦れ以外の音が私達に迫っているのが分かった。徐々に増える村人の悲鳴に足がすくみそうになる。正気を保つのに、私は必死だった。

何度か転げ落ちそうになりながら、広場に降り立つ。そうして、今朝中村さんが運転してくれた軽トラックの荷台に、涼君を強引に乗せる。中村さんが鍵を刺したまま車を離れたのは、しっかりと覚えていた。

慧慈山へ。私は阿字に向かって叫ぶが、言い終わるよりも先に彼女は運転席に乗り込み、エンジンを掛けていた。そうしてヘッドライトが点いた時、神社へと続く階段から人が降りてきた。虫達の襲撃から逃れた人達の姿だったが、その先頭に鵜飼さんが居た。

阿字は無造作に停車している車に何度も軽トラをぶつけながら転回し、広場の出口へと車を向ける。そうしていつでもすぐにアクセルを踏める体勢にして、私達は鵜飼さんを待つ。早く早く、と大声を出し、必死の形相で走る鵜飼さんを呼んだ。彼に追いつき追い越さんと、何人もの人が駆け下り、時に転んで石段を叫びながら落ちていく。金山さんのように。

そしてふと見上げた小山の上の境内から、「それ」は僅かに……ほんの僅かにだが、顔を出した。目にした瞬間、私は頭を揺さぶられたようなショックを受けた。

頭から氷水を掛けられたかのような寒気、バットで頭部を殴られたかのような目眩と頭痛、私の腹に食らいつこうと身構える野獣と相対した時のような絶望感。阿字邸で見た阿知るべきではない字の父親の首を見た時と同質の、しかしもっと禍々しい衝撃が私の脳を揺さぶった。何も考えられず、ただ体が硬直して……

次に気付いた時、私はトラックの助手席に座っていた。脳みそが揺れるような吐き気はまだ続いていたが、私は何をしていたのか、と阿字に尋ねるだけの気力はかろうじて残っていた。彼女は、砂利道を走る前方を睨みながら、青ざめた表情で答える。

「張り裂けそうな悲鳴、上げてたわ」

ぞっとする。それは彰さんや、たった今村の人達が上げていた奇怪な悲鳴と同じものだったのだろう。見開いた目を神社の方へ向け、引き付けを起こしたかのような姿勢で痙攣しながら、大声で叫んでいたという。固まった私の体を鵜飼さんと二人で荷台から引き摺り下ろし、助手席に座らせたのだと。話を聞いて、私は一層戦慄する。

人はやはり、「あれ」を見てあの悲鳴を上げるのだ。記憶を無くす程の恐怖と共に。

一瞬だけ遠目にしか見なかったからこそ、正気に戻れたに違いない。負の感情を全て脳内に叩き込まれたあの絶望的な感覚を受けて。

「ねえ、何を見たの」

阿字は訊いたけれど、私は何も覚えていなかった。

恐る恐る後ろを振り返ると、涼君と鵜飼さんが荷台に腰を屈めて乗っている。二人も、私の悲鳴を上げる姿を見たのだろうか。狂った人間を見る、動揺と憐憫の表情が二人の顔に浮かんでいる。怯え切った涼君が私を見るその視線でようやく、私は自分がよだれをダラダラと流していることに気付いた。こんなことにも気付かないくらい、私は恐怖に心を支配されていた。


トラックは、ひたすらに真っ直ぐ道を進んだ。根拠を持って縋れる希望など何もないが、それでも縋らなければならない、涼君の話した手掛かりだけを頼りに、慧慈山へと。

だがトラックは、進まなければならない道から一度逸れて、別の畦道に入る。私は慌てて阿字に、道が違うと言った。だが彼女はじっと前を見たまま、「こっちでいいの」と震える声で言った。一刻も早く石を返さないと、と訴えると、阿字は直接私の言葉には答えずに口を開く。

「お祖母様を助けないと」

言われて、私はアッと声を上げた。自分達の身に迫っていた脅威が余りにも鮮烈過ぎていたため、失念していた。何と馬鹿なことをしていたの響子かだろう。この時、私は自分の愚かさを呪った。

だが同時に、困惑していた。私達が虫に襲われてから、既に半日以上が経過している。脚が満足に動かない響子さんでは、恐らく……。そう思っていたのだ。

私は、やんわりと遠回しに、それを阿宇に伝えようとした。だが、彼女は私をキッと睨んで言い返す。「お祖母様が、お父さんと同じ死に方するわけない！　生きてる、きっとまだ生きて助けを待ってるの！」

鬼気迫るその表情に、私は押し黙った。彼女は、この段階まで来て現実が見えていないのだろうか。何故、祖母にそこまで執着できるのだろう。

だが、この考えが若干的外れであるとすぐに判明する。

阿宇はこの時、自分の父親と死ね祖母を比較してその存在価値を対比していた。虫達に襲われていた自分の父の身を咄嗟に案じた家族を愛する阿宇蓮華の姿はなく、残酷な現実から目を逸らし、理想に縋ろうと必死になる、恐怖に怯える女性の姿しかなかった。

彼女にとっては、自分を支え、心の拠り所としていた響子さんだけが希望だったのだ。

だが私には分からなかった。阿宇の父親は言った。阿宇が両親に反発するようになったのは、彼女が響子さんの怪我した両足を見て、その原因が両親にあると考えたからだ、と。響子さんに吹き込まれ続けた、阿宇家、そして狗神への憎しみが、彼女を奉森教の教えに反発させていったのだと。

だが、本当にそうだったのだろうか。

それだけで、ここまで実の親を嫌うことができるだろうか。

こんな時に、とは思ったが、阿字の頑なその態度が妙に気になって、ようやく体の震えが止まり始めた私は尋ねる。父親からではなく、娘からその理由を聞きたかった。

「どうしてご両親をそんなに嫌うの」

阿字は、日が落ちて暗くなり始めた道の先を、ヘッドライトを点けて照らし、前方を睨みながら答える。

「涼君達みたいに昔、お姉ちゃんが『お参り』させられたの。古い時代の苦しい慣習に嫌気が差していてたお祖母様が、それを怒って一人で慧慈山にお姉ちゃんを助けに行って、そこでお祖母様は大怪我をして歩けなくなった。ほとほと本家に愛想を尽かせて、避難用に最低限の管理だけしていたあの山中の家に越して隠居した。……っていうのが、世間体を気にした説明」

途中まで相槌を打っていた私は、驚いた。意味を訊き返すと彼女は、

「お祖母様は、奉森教の形骸化した旧体制とその組織形態に疑問を持ってた。自分の過ごしてきた狗神様という崇拝対象は、時代に合わせて変わる必要があるって唱えたの。……だから、お祖母様は怪我を負わされた。当代の私のお母さんを中心とした本家が、お祖母様を殺そうとしたの。お祖母様の足が動かなくなったのは、そのせい。でも、本家はお祖母様を殺し切れなかった。計画は失敗。狗神が人を殺そうとしたという真実が知られれば、村人は狗神と奉森教を信じなくなるし、警察も介入する。本家は完全にお祖母様に弱みを握られた。もうそんな状態では和解なんて選択ができるはずもなくて、お互いのためにも過干渉を避けるよう、暗黙の協定が生まれた。だから、あの山中の家はお祖母様の砦であると同時に、監獄なの」

私は言葉をなくし、ただ阿字の横顔を呆然と見つめていた。

「本家にとっても、都合が良かったんだわ。元狗神様というだけで村の人達は恐れ多くて近付くことすら避けるから、歩けなくして隔離してしまえば、誰かに狗神の身内で起きたことを話す機会もない。形だけでも厄介払いをして、前任の狗神であることを褒め称えて持ち上げれば、お祖母様も気を良くして無理なこともしてこないだろうって。実際、お祖母様はそれ以上本家に大きな揉め事を起こしたり、口を出したりすることはなくなった」

「それ、響子さん本人が話したの」

阿字はこくり、と頷いた。「それにこの前、お姉ちゃんの死因についても、教えてくれた」

言われて、私はドキリとした。先日、二人だけで話していた内容のことだろう。確かその時、阿字の母親と、姉の桜さんの死因について話していた。私は乾いた唇を湿らせて訊く。

「お姉さん、狗神としての自分に待つ未来に絶望して、崖から落ちたんだよね？」

私もそう思ってた、と阿字は暗い声で言う。だが、違う、と言われたらしい。

祭りの翌日、金山さんが亡くなったことを報告に行ったあの日、彼女の死を悼みながらも、彼女よりももっと気の毒な死に方をした人間を知っていると、唐突に響子さんが話をし始めたのだ。

その死人というのが、阿字桜だと。

「お姉ちゃんは、足を滑らせて崖から落ちたんじゃない。狗神としての自分に待つ未来に絶望して、崖から自分で飛び降りたんだって。山狩りしてすぐ見つかったけど、死に顔を拝めなかったのは、脳や臓器が虫に滅茶苦茶に食べられてたからだって」

頭から落ちた桜さんの遺体は酷く損傷し、棺の中を見せてもらえなかった。そして、それこそが今際の際に死顔を拝めさせてもらえない理由だと思っていたが、阿字曰く、本家の人間が教義に従い桜さんの体を著しく損壊させたという、それこそが真実であると言うのだ。

この村を鎮守する、人柱の狗神として。

私は絶句した。そして同時にこの時、何故阿字が響子さんへ全幅の信頼を寄せているのか、両親に不信を抱いているのか、ようやく判明した。大学に入るために離郷するまで、阿字はこうして本家への不信を募らせる話を、沢山響子さんから聞かされ続けていたのだ。

だが、この時点で分からないことがあった。それは阿字の父親から聞いた、奉森教の旧体制に響子さんが逆らっている、という証言に関してだ。この言葉は、今の阿字の口からも発せられている。表向きはどうあれ、心の内では自分の務めた狗神という役目に対して疑問を抱いていたということだろう。

だが、私も阿字も、その響子さん本人の口から、或る言葉を聞いているのだ。

『流れに、身を任せるんだよ』

何かを変えなければならない時、それはまず自分自身が変わらなければならないはずだ。自分から行動を起こさなければ、変えたい方向へ物事は変わっていかない。

だが、響子さんは真逆の話をしている。流れに身を任せて自分は変化せず、ただ傍観していろと彼女は言うのだろうか。

だが阿字は、その言葉に疑問を抱いた様子はない。恐らくこの言葉を、幼少の頃から繰り返し聞かされたのだろう。その言葉に無意識に従い続け、響子さんから言われた言葉を全て心のうちに内包したまま誰にも打ち明けることなく、今日まで生きてきたのだろう。

だが響子さんはこんなことを、何のために？

可能性があるとすれば、阿字蓮華を狗神の末代とするための下準備をしていると取れなくもないが……だとしたら、方法が迂遠過ぎないだろうか。

そしてもう一つ、或ることに気付く。

もっともらしいことを並べ立てて説明していき、最後にその説明とあまり関連性のない主題を持ってくることで偽りの説得力を持たせるその手法は、ミームの感染を行うプロセスの一手段であるということに。

更に私は、黄昏の稜線へ続く道を走るその先の目的地で、絶望的な現実を知ることになった。


闇が迫っている中、森の入り口でトラックを止める。蝉時雨が、鬱蒼とした森の中で不気味に鳴り響いている。この先に進んで、まずは響子さんを助けないといけない。私達は鵜飼さんと涼君にそう説明した。虫がいるから絶対に行かない、と泣き喚く涼君を、しかし一人で置いていけないと、鵜飼さんが抱え上げて連れていくことになった。

森の中には必ず虫が居る。それでもなるべく逃れるためには、上り坂を全力で走り抜けなければならない。大丈夫ですか、と鵜飼さんに尋ねると、期待はしないでね、と力なく笑った。そして、或る意味とても場違いな言葉を投げ掛けてくる。

「仮面は」

「そんなこと言ってる場合じゃないでしょう」

「いや、でもほら」

言いながら、鵜飼さんは自食べる分の鞄に入れていた仮面を、私と阿字に渡す。市販の、プラスチック製の狐のお面だ。「祭りに、楽しもうと思って何種類か持ってきてたんですよ」

こんな時に、と怒って言い返そうとすると、しかし鵜飼さんは穏やかな顔をして言った。「虫が襲ってきている。奉森記にある戦記の内、半分近くが虫の化身との戦いだった奉森教の教えに書かれていることの、何もかもが嘘だとは思わない。きっと、森に入る時は仮面を被らなければならないという言い伝えには意味があるんですよ。残りは三枚しかないから、君達がつけていてください」

言いながら二枚の仮面を私と阿字に押し付け、もう一枚を涼君の顔に被せる。私は何か言い返したかったが、そんな時間さえももう惜しい。

言われ来たぞるままに仮面を被り、私達は森の中へと足を踏み入れ、坂道を駆け上がった。携帯している私の懐中電灯が、心許なく行先を照らした。

響子さんの家に着く頃には、日はすっかり落ちていた。茂った木々の天頂には、まだ通常の満月よりも大きい、スーパームーンの名残を残した月が煌々と響子さんの家を照らしていた。一見して、家が大きく損壊している様子はない。

××××××××

お祖母様、と阿字が叫んで家に入った。靴を脱ぎ、家の最奥へと向かう。家の廊下を見て、涼君を抱えた鵜飼さんが声を漏らす。「この家は、お香を焚いていないのかね？」

そうだ。響子さんは、何故か家で香を焚かない。虫が人を襲うとしたら、真っ先にこの家を狙ってもおかしくはない。それどころか、まだ大量の虫が潜伏している可能性も残っていた。

慌てて、逃げないと、と鵜飼さんに話し掛けるが、しかし彼は言った。どうだろう、と。

「虫のあの機動力を考えると、我々がここに到着してほぼノータイムで襲ってきてもおかしくない。と言うより、その方が自然だと思う。だが、まだ連中は襲ってこない。少なくとも、あの勢いで襲ってくる程の数は居ないんじゃないですか」

それなら、あの子のためにもなるべくここで刀自の姿を探してもいいだろう。悲しそうな顔で、鵜飼さんはそう言った。その沈痛な面持ちは、きっともう響子さんが生きてはいないだろう、と予期している顔だ。

不安は完全に払拭できないものの、阿字のためを思えばそれでもいいだろうか、という気持ちになった。私も、自分のあずかり知らないところで両親が死んだ、と聞かされれば、それを自分の目で確認しない限りは納得などできないだろうから。

それより電気を点けてくれないか、と鵜飼さんは部屋のスイッチをカチカチと鳴らしながら私に声を掛けた。「この部屋の電気も玄関の電気も、点きません」

ブレーカーが切れているのだろうか。私は懐中電灯で廊下を照らしながら、廊下を奥へと進む。そうして、土間の流しにあるブレーカーを見つけてカバーを開ける。

だが、主電源も各配電スイッチも全て通電している。試しに冷蔵庫を開けて確認すると、こちらはしっかりと作動していた。だが、蛍光灯関係の明かりが全く機能していない。一斉に電気が切れたのだろうかと考え、馬鹿な、と自分の考えを否定する。

そして一つの可能性、或いは事実に気付き、ゾッとする。

家の明かりは、元々一つも点かない。切れているのだ。

恐らくは、ずっと前から。

そうすると、家中の蛍光灯が全て切れた状態で響子さんは生活していたと言うのだろうか？

有り得ない……そう思いつつ、或る部屋を開けた瞬間、私は凍りついた。

脱衣所から続くお風呂場。歯磨きや入れ歯の手入れ、入浴に必要不可欠なはずのその空間に、埃が堆積しているのだ。引き戸を開けて一歩足を踏み入れた瞬間、ムワ、と埃が舞い、カビ臭さが鼻腔をつく。懐中電灯の明かりを浴槽に向ければ、タイルも風呂蓋も、長らく使われた形跡がない。一目見ただけでそれが分かる程、埃が堆積している。

いかに足が不自由だと言っても、普通の生活をする以上、歯磨きや入浴を必要としない生活など考えられない。だが目の前の光景は、そんな常識を覆す。洗面台や浴槽には隙間なく埃が積もり、軽く指でなぞるだけで、種になったタンポポの綿毛みたいな埃が取れてしまう。

どれだけ少なく見積もっても半年以上は誰も足を踏み見られた入れていない、そんな空間。通常、人が生活をしていたのであれば、決して有り得ない光景。

一体この家で、何が起きたのだ？

私は体を震わせ、脱衣所を出た。阿字の名を繰り返し叫び、六畳一間のあの部屋へと向かう。

その部屋の真ん中で、彼女は部屋の或る一点を見つめたまま硬直していた。

体を震わせて一歩、二歩と後ずさる彼女の懐中電灯が照らす、押入れの襖を見た。一見して、ただ物が散らかっている以外におかしな点などない、ただの生活空間だ。

ただ、襖に何かが挟まっている。

薄暗い中で見ると、それはストッキングに見える。だがそれにしては肌色が濃く、透明度が低過ぎた。そして何より、ストッキングらしきそれの先端に何かが付いている。

体を硬直させて動けない阿字の横をゆっくりと通り過ぎ、駄目、とか細い声を出す彼女の言葉を無視し、私は自分の懐中電灯の光を、それに近付けた。

爪だった。人の手の爪だった。

人の手の爪が、ゴム手袋のようなストッキングの先端に付着している。

そして襖に挟まっているそれは、ストッキングではない。だが、何であるかは判然としない。

目眩がする。頭痛がする。それでも、確認しないと恐怖は増幅するばかりで。

呼吸を荒くしながら私は、恐る恐る手を伸ばし、ゆっくりと襖を引いて、中を見た。

積まれた敷布団の上に、はみ出していたストッキングから続く物体が雑然と置かれている。まるで、脱ぎ捨てられた衣服みたいにしわくちゃだった。

……脱ぎ捨てられた衣服、というのはこの上なく適切な表現だったかも知れない。

自分の触れたそれの正体が判明した瞬間の光景を、私は一生涯忘れることはないだろう。

しわくちゃのそれを手で広げた。
シワの寄った腕があった。
萎んだ乳房があった。
入れ歯がポトリと落ちる。
カツラが静かに落ちる。

それは、響子さんの『皮膚』だった。

眼窩と口には無限の闇が広がり、ぐにゃぐにゃとした文字通りの人肌は、背中にスリットの開いた人間の皮でできた全身タイツだ。だが、足の部分の『皮膚』は千切れ、なくなっている。落ちた入れ歯とカツラの近くには、目玉が二つ転がっている。義眼だ。

気付いた瞬間、私と阿字は絶叫した。私は響子さんの皮膚を放り出して腰を抜かし、畳の上を這って阿字の方へと離れる。既に彼女はその場でゲエゲエと吐いていた。悪寒と恐怖が全身を駆け抜ける感覚が襲い、私もその場で、何も入っていない胃の中から胃液を吐き出す。

耐え切れなかった。人間の抜け殻の、私の目を射抜く眼窩の虚（うろ）が、脳裏に焼き付いて離れない。

悲鳴を聞きつけてやってきた鵜飼さんを無視して、私はうずくまる阿字の肩を引き寄せて自分の方を向かせる。吐瀉物と涙と鼻水でグシャグシャに顔を歪めた阿字が、いやいやをしながら私から離れようとする。きっと、私も似た顔をしているだろう。

認めたくない推測が半ば正解だと確信しながら、私は息も絶え絶えに尋ねた。

「ねえ。お祖母さん、本当にお祖母さんだったの？」

阿字は涙を流しながら、何を言っているの、と尋ね返す。私は更に、確認に近い質問を矢継ぎ早にぶつける。

これまでの奉森教を変えたいと言いながら阿字に変化を望まなかったのは、形骸化している現代の奉森教を更に弱体化させることが目的だったのではないか。

桜さんの凄惨な遺体が発見されたのは死後たったの数日後らしいが、その短期間で虫が臓器や脳を食べ尽くすのは不自然だ。だが、この犬啼村の虫ならそれも可能だろう。ならば桜が最近死亡したのは偶然ではなく、狗神としてまだまだ未熟な妹を当主として迎え、現人神として力を最小限まで弱めることが目的なのではないか。そのために響子さんは、今まで阿字に本家の恨みを言って聞かせ、反抗心を強めさせていったのではないか。

私や彰さん、村の人々がそうだったように、「あれ」の姿を視界に入れると発狂し、記憶が曖昧になる。見たものを脳が拒絶する程の嫌悪感や恐怖感で頭が支配される。阿字が幼少期に見たという響子さんの怪我をした足は、「あれ」のそうした類の現象を引き起こしたのではないか。だから、阿字は響子さんの脚の怪我の詳細を覚えていなかった。

全ては、阿字の心に恐怖心を植え付け、記憶をなくさせて都合の悪い記憶を書き換え、本来の奉森教の力を弱めるためではないのか。

金山さんは、そんな「あれ」の姿を見たからこそ、あの神社の石段の上で気が狂い、笑い出したのではないか。

今まで私達が話していた響子さんは、文字通り、死んだ響子さんの皮を被った「何か」だったのではないか？

押入れにあるあの皮膚が、昨晩お祖母さんが虫に襲われた結果だとしたら、わざわざ背中を切り開いて皮膚だけ残し、押入れの中に隠す理由がない。未知の「何か」が響子さんの皮を被り彼女になりすまし、人の言葉を話し、虫にミームを伝播させていたのではないか。虫がこの村を襲撃するのに最適な環境を、二十年間、水面下で準備するために。

私が初めてこの家を訪れた時、私の交友関係についてやけに詳しく訊いてきたのは、特に村の誰とも関わりがないようであれば食い殺そうとしていたのではないか。だからこそ、阿字という邪魔者が訪れたその時、あの鬼のような形相が生まれたのではないか。

井戸の桶に使われた痕跡がなかったのは、いちいち水を汲んで飲む必要がなく、水を汲み上げたポンプから直接飲むことが日常になっていたからではないのか。

……虫の意思と人間の言葉を理解する存在が居るとしたら、それは私が先に推測した通り、虫の上位種ということになる。

つまり、響子さんの皮を被っていた「連中」の正体は。響子さんに化けて人に近付き、私達に向かって微笑んでいたあの顔の、生皮一枚下に存在していたものの正体は。

虫。

私は。私達は。

×××××××

虫と、会話をしていた。


部屋に沈黙の帳が下りた。永遠にも感じられる時間の中で、呆然として呟く。

「流れに、身を任せろと言ったのは……」

響子さんの皮を被った「何か」は、今日何が起きるか知っていたのだ。

スーパームーン。

金山さんが死んだ日の夜、大きな月が夜を照らしていた。最早これは、偶然ではない。私には確信があった。

……生命の使命は、生き抜くこと。食事をし、繁殖し、種を増やすことだ。

生物が一度に産卵・出産する個体数は、その生存率の高さに反比例する。クモやカマキリは一度に大量の子供を育てるが、それは驚異的な繁殖力を目的とするものではない。それだけ、成体になるまでの生存率が低いのだ。被捕食者の運命は、出産数を増やすことでその悲劇を脱しようとする。逆に、生存率が高く、出産適齢までの成長率が高い個体ほど、子供を産む数は少ない。

肉食の野生動物の他、最たる例が人間だ。

では、虫の上位者達は？

ただの虫ではない「それ」は、虫を使役し、人に化け、人を狂わせ、食らう。この村にいる上位者は、そうした存在だ。繁殖や出産は通常極端に少なくて、何か大きなサイクルを迎える度に

×××××××

数を増やすのではないだろうか。そのサイクルが、スーパームーン出現のサイクルだとしたら？

繁殖にはエネルギーが要る。時に自分の命を危険に晒してでも遺伝子を残そうとする昆虫は、食べることには非常に合理的だ。カマキリのメスは交尾中にオスを食べ、生まれたての蝶の芋虫は、自分が破って出てきた卵の殻を真っ先に食べる。

そうすると、一つの可能性が見えてくる。


「奉森教は、虫が作ったんです」


狗神という偽りの神の代理人を作り上げることで、これまでの上位者達は、繁殖のための生贄を得てきたのではないだろうか。

そんな私の仮説を聞いた鵜飼さんは、顔を青ざめさせる。だが、と彼は反論しようとした。「そんな、馬鹿なことを……」

だが、奉森教が虫達の都合に合わせた宗教であると仮定すると、芋蔓式に奉森教教義に対する疑問が解決していく。

仏教よりも遥かに歴史が浅いはずの奉森教が、仏教の存在を払拭してしまう程の影響力で犬啼村に浸透したのは、大陸から渡来した仏教という新興宗教以上に、目に見える大きく強い教義があったから。……史実というこの上なく強烈な説得力を地盤に持つ宗教だったからこそ、圧倒的な存在感で村人の生活を侵食したのではないだろうか。

森を奉る宗教でありながら狗神信仰の体系を取っているのは、狼という神の使いとされた動物を導入とし、そこから犬という人間にとっての親しみやすい存在を信仰対象に据えることで、宗教の浸透率を高める狙いがあったのではないか。

いやいやをして私の推測に耳を貸そうとしない阿字に現実を見て欲しくて、私は最後に言った。

「ねえ、知ってるでしょ？　潮の干満に行動が左右される海洋生物と同じように、夜行性の虫も沢山、月の周期で産卵のタイミングを左右されてるって」

ただのスーパームーン程度であれば、年に一回のペースで観測は可能だ。だが、月の大きさと重力の影響が最大になる、エクストラスーパームーンと呼ばれるものが存在する。

その発生周期は、約二十年に一度なのだ。

偶然ではないとすれば、これは必然でしかない。

この村は、虫に支配されているのだ。ずっとずっと、大昔から。

「でも、何故、今……今なんだ」

まだ信じられないという風に呆然として頭を振る鵜飼さんに、私は震える声で言った。

「狗神の前当主だった響子さんの……『体』を手に入れたこと。桜さんという現当主を殺して、力の弱い次期当主が力を持つ前にエクストラスーパームーンが訪れること。その次期当主の力を更に弱めるために、家族の不仲を利用して内部を弱体化させ、村人の繋がりを弱めること。人が信仰心をなくした時代であると同時に、ネットを介して村が外部との繋がりを強くする以前の時代であること。そのタイミングが、今回のエクストラスーパームーンの来る年だったんだと思います」

きっとそれまでの二十年の周期誰だこいつはでも、上位者達は繁殖をしようとしていた。だが、山伏に調伏されたその時代、彼らは注連縄の向こうで自由に動けなかったのだろう。誰も寄り付かない暗い領域で、息を潜めていたに違いない。人間を憎みながら。

決定的なのは、涼君が注連縄の領域の中……虫達の禁忌の領域を侵し、その中にある石を持ち帰ったこと。そして注連縄の力が、恐らくは村人の信仰心の欠如により年々弱まっていたこと。

だから黄泉竈食ひの掟に従い、彼らは領域の外に出る大義名分を得た。

そして今、怒りを殺戮の力に変え、虫達は、村を、人を、飲み込もうとしている。

逃げ切ることはできない。せめて、静まってもらわ知られたぞなければならないのだ。

「こんなことになるなんて」

阿字の小さな声が、虚しく暗い部屋に響いて、消えた。

それから私達は、涼君の案内に従って森の中を進んだ。顔に被った仮面のせいで、息苦しさは一層増す。

心臓の音が、まるで車のエンジン音のように頭の中に響く。汗が次々と目に入るが、それを拭う余裕などない。当然だ。私達は、森の中を歩いている。虫が跳梁跋扈（ちょうりょうばっこ）する森の中を。

歩きたくなんてなかった。でも、進まなければならない。私達は息を切らせながら。森の中を、道のない森の中の道を走った。

葉擦れの音が、蝉の音が、鈴虫の音が、私達の息遣いが。

全てが恐ろしかった。暗闇の中で心許ない私達の懐中電灯が照らす夜道は、それが決して自分達の味方でないことを、雄弁に語る。光の領域の外に広がる暗闇は常に、私達に向かって牙を剥いているのだ。

十分か、二十分も無言で走っただろうか。闇が、茂みを進むにつれて徐々に消えていく。

月光が木漏れ日から差し込む薄闇の中に現れたのは、見たことのない光景だった。

ヒノキが連立したその森は、私達の頭上五メートル以上も上にその枝葉を広げている。密集した木々の葉は、月が炯々（けいけい）と闇夜を照らすはずの森の中では、あまりにも頼りない。それでも、背の低い広葉樹ばかりが密集していた今までの道のりよりは大分明るいけれど。

最も異様だったのは、ヒノキの群生する領域に入ってから、一切の虫の音がしなくなったことだ。音だけではない。虫そのものが消えてしまった印象さえ受ける。だがそれで私達が身の安全を感じたかと言えば、決してそんなことはなかった。

むしろ、闇の中からこちらを窺うような「何か」の気配は、濃くなっている気がする。

足の震えが止まらない。全力で引き返して、この場を走り去りたかった。けれど、逃げては何も変わらない。生きるためには、前に進むしかない。

私達は会話こそ交わさなかったが、皆が一様に走るのを止め、固まって歩くようになった。

そうして。

×××××××

遂に、涼君の証言通りの場所を見つけた。修験者が狗神を調伏させたとされる、その場所を。
ヒノキの木は、一本一本の幹がとても太い。大人が五人手を繋いで腕を伸ばしても、幹を囲い切れないだろう。そうした木々の頭上十メートルかそれより低いあたりに、古びた注連縄が結ばれている。木から木へ結ばれ、左右に伸びて続いているそれは、遠く離れた辺りで曲線を描き、森の奥へとそれぞれ続いているようだった。

巨大な円が、その注連縄を中心に作られている。

注連縄の内側……領域内は、見たところ、私達が歩いてきた森と大きく変わらない。だが、暗い闇の奥へ奥へと目を凝らそうとすると、背筋が痺れ、凍りつく思いがする。「あれ」を見た時の絶望感を伴う恐怖はないが、年季の入った注連縄の醸し出す暗い空気と圧迫感、そして領域内部の冷たい空気が、本能的な恐怖を揺さぶってくる。

「虫が奉森教を作ったと仮定するなら、修験者が封印したのは狼ではなく虫達なのだろうね」

心なしか震える声で、鵜飼さんが呟く。「奉森記は経典ではなく歴史書だった。余りにも内容がファンタジーだったせいで、神話や民話の類として扱われ、ただ虫を遠ざけるための蚊取り線、香を焚くという行為だけが、風習として犬啼村に残ったんだ」

形骸化し、信仰心をなくした神具や呪物、庇護の力はどうなるか。古今東西、その結果が示すものは力の弱体化だ。虫は、そして虫の上位者達は、きっと徐々に領域の外へと力を及ぼしていたのだろう。

「きっと二十年前……響子さんが足を怪我してあの家に隠居した時、虫は人に化ける力を得るほどに力を取り戻していたんだろう。人が弱くなっただけかもしれないが」

鵜飼さんは最後にそう言って口をつぐんだ。

ざわざわ、と木々が葉を揺らす。震えながら私の右手を握ってくる涼君の手は、びっくりするくらいに冷たい。私も、左隣の阿字の手を握る。

「行こう」

阿字が低い声で皆に言う。無言で私達は、躊躇いながら、揃って注連縄の囲う領域の中へと一歩を踏み出した。

ジッ
大きな、虫が一斉に羽を鳴らして飛び去る音が響く。無音から突然生まれた音は、再び静寂に消えた。

私の口の中が、一気に渇いた。夜の山に吹く風は冷たいはずだが、何処からか生暖かい風がゆっくりと流れてくる。吹き出す汗が、じっとりと背中と服の間で湿る。涼君と阿字とで握った手が、固まった。私も二人も、お互いに力強く手を握り締めている。

マズい、と思った。

何かは分からない。けれど、何かが決定的に変わってしまったと感じる。仮面の中で、自分の荒い呼吸だけがうるさい。震えながら一歩、また一歩と歩くけれど、すぐにでもその場で倒れ込んでしまいたかった。

ここ、と涼君がうわずった声で突然口を開く。ビクリと私達三人は体を震わせ、彼の言葉が、石を拾った場所の意味だと気付く。

ヒノキの木の根元だった。巨木である以外には、他にどうということもない。その根本に、大小様々な小石が落ちていた。涼君は無言で石をポケットから取り出す。何処にでもある、何の変哲もない石だ。

こんな。こんな小さな石ころのために。

そんな悪態をつきたくなるが、今なら分かる。この村を襲う虫達に、人間の道理など一切通用しないのだと。

涼君はそっと、近くの木の根元に石を置く。阿字に尋ねても、それ以外に何をしたらいいかは分からないらしい。お祈りの言葉も、懺悔の言葉も、呪文も祝詞も、何一つ。

仕方なく私達は、ただ両手を合わせて目を瞑り、ひたすらに祈った。

早く逃げ出したいという思いと、なるべく誠意を伝えたいという思いに葛藤しながら、私達は一分程、そうしていた。

行きましょう。阿字が言う。私達は立ち上がり、来た道を戻る。大きな音を立てるのが怖くて、走りたいのに走れないまま、ゆっくりと。

注連縄の領域を抜けて、私達は歩く。虫達の声は、何も聞こえない。ただ、領域内とは違う冷たい風だけが私達に吹きつけるだけだ。

しかし一分も歩いた頃、私達は背後から忍び寄る気配に気付く。

獣のような呻き声は　切ない。小動物のような威嚇する声も何もない。

ただ、何かが動き回る気配と物音だけがあった。

足がすくむ。鳴り響く自分の心臓の音が、仮面の下で大きく鳴り響いていた。

やがて、大きくなる　方の気配と圧迫感に耐えられなくなった涼君が、私と鵜飼さんの手を放し、走り始めた。

泣き叫び、茂みの中を真っ直ぐ脱兎の如く、腕を滅茶苦茶に振り回しながら走っていく彼を、しかし私達は追えない。体が言うことを聞かなかった。隣の阿字は棒立ちのまま顔を伏せ、ぼろぼろと涙を流しながら逃すなら私の手を強く強く握り締めている。

ザザザ、と茂みの揺れる音がして、何かが私達を追い抜いていった。姿は見えない。茂みの中を、それは突き進んでいく。涼君を追いかけるために。

そんな時、鵜飼さんが口を開いた。滝のような汗を流し、視線を前に固定して目を見開いたまま、震える声で。

「この状況で、ふと、思ったんですが……やはり、仮面には意味があったのでは、ないでしょうかね。森に入る時、つまり虫達のテリトリーに足を踏み入れる際には、必ず仮面をつけるというこの風習……顔を見られるな、ということだったんじゃ、ないでしょうか」

この時、何故だろうか、私は鵜飼さんの言おうとしていることが分かった。水が流れ込むように、彼の言いたいことのイメージが伝わってきた。

××××××××

森に入る時に人が仮面をつけるようになったのは、虫から素顔を隠すためだ。隠さないで素顔のまま森に入った者はどうなるか。その答えが、昨日あちこちで殺された村人なのだ。

大神が生贄を要求した時……つまり、大神という存在を偽った虫が生贄を求める時は、贄に娘が二人選ばれた。一人は仮面をつけて、もう一人は仮面を外して。

生贄を求める時が虫達の繁殖の時期であるとすれば、二人の人間を何に使う？

私は響子さんの家で話した、カマキリの交尾と蝶の孵化の話を思い出した。

仮面をつけずに森に入った者は、いずれ彼らの標的となり、今までも何かを契機として食い殺されていたに違いない。きっと幼かった阿字桜も、それまで生きてきた何処かのタイミングで、仮面をつけずに森に入ったのだ。だから、虫に体を食い散らかされた。

では、贄に捧げられた、仮面をつけた娘の役割は？

森で仮面を外したことのない者達は、何故こうして襲われている？

その答えがきっと、田んぼに落ちた阿字を襲った、あの虫達の行動なのだ。

虫は、人間の娘に、子供を……

硬直して立ち尽くすだけの私の脚に、何かが絡みついた。あっという間に私は地面に引き倒される。阿字も、鵜飼さんも。自分と、二人の叫び声。遠くでは涼君の金切り声も聞こえてきた。

茂みの中を、信じられない速さで引きずられていく。どれだけ叫んでも、枝で服や体が裂けても、誰も助けてはくれない。

引きずる力が止まる。這って逃げようとする私の足元に新しく何かがグルグルと巻きつき、締めつけ始めた。ツルか何かだろうと思ったけれど、確かめる余裕なんてなくて。

やがて細いそれが首に巻きついて力を込めたと思うと、私の意識は暗い闇の中へと落ちていった。

……次に目が覚めた時、私は蜘蛛の糸に雁字搦め（がんじがらめ）にされていた。

通常の蜘蛛の糸とは段違いに強度の高い、タコ糸みたいな強さがあった。幸いにも伸縮性が若干あったので、五分近くもがくことで、辛くも抜け出す。

見回すと他にも幾つか、繭のように蜘蛛の糸で体を包まれた物体がある。そのどれもが、人の面影を持っている。まるで包帯で巻かれたミイラみたいになったそれらは、どれもピクリとも動かない。そしてどれもが女性のシルエットをしていた。

少し離れた、乱雑に人型の繭が積まれた山の近くに、阿字が居た。やはり蜘蛛の糸にグルグルにされているが、頭の部分がほつれ、彼女の顔を確認できる。仮面をつけていない彼女の姿を見て、私も自分が仮面を落としていることに気付く。

すぐに助けたかった。だが、私は自分の居る場所をまず確認しなければと思った。

顔を上げると、どうにも暗くて良く見えない。だが、何処からか差し込む僅かなオレンジの光を頼りに目をこらすと、巨木の根っこの虚（うろ）に居るらしい。それほど高くない天井は木の根っこで、四方は土と苔に囲まれている。

×××××××

木の根だ。木の根元に生まれた、広い空間の中に、私達は放置されている。まるで、食料貯蔵室に放置された食材のように。

逃げないと。そう考えるのだが、体の動きは緩慢だ。

恐怖で動かないわけではない。寧ろ、恐怖感も絶望も、何処か薄れてさえいる。こんなに逃げるなも孤独な状態なのに、私は一人じゃないという、そんな根拠のない確信が、私の心を支えている。

そんな木の根の隙間から入ってくる淡いオレンジの光は、どうやら炎の明かりであるらしい。

私は、傷口が開いてまた出血を続けてい逃げるなる足の怪我を気にしながら、しかし逃げない訳にもいかず逃げるな、気絶したままの阿字から蜘蛛の糸をひっぺがす。阿字の両脇を抱え、私は彼女を引きずってな食い殺せんとか、狭い木の根の隙間から這い出す。

逃げなきゃ。逃げなきゃ。

心はそう叫んでいるのに、体は満足に動かない。阿字を引きずり、離れた別の木の根元まで運んで寝かせて満足してしまっている。それどころか、森の奥で朧げに輝く炎の光に安堵さえ覚えて、私は阿字を置いてふらふらと、光の方へと向かっていった。

そして炎の光に向かっていくにつれ、異変に気付く。

炎が揺らめき、そこから生まれた影が木々の幹や梢（こずえ）に投影されている。影は、恐らくは火を囲むようにして数十人は居るのではないか、という数があったのだが、光源周囲から人の声は聞こえない。ただ、雑音ともつかない音がざわざわと、風で擦れる葉音に紛れて私の耳に聞こえるだけだ。

神社で見た以上の数の人が、わざわざ今のこの森の中で、火を囲むだろうか。

離れた方がいいのではないか。僅かに木々の枝葉の隙間から差し込む月光を頼りに、とにかく山を下った方がいいのではないか。そんな予感は、ずっとしていた。それでも私は光へと向かってしまう。

その時には理由が分からなかったが、きっとそれは誘蛾灯のような作用を起こしていたのだと思う。揺れる深い橙色の光の魅力に、私は何故か抗えなかった。

その先にあるものを、見たかった。見えない恐怖に怯えるのは、もう嫌だった。

知れば、恐怖などなくなる。知れば、恐怖に打ち勝てる。

そう信じて私は、木の影からその光景を見た。

茂みの切れた先には、広場のような場所があった。切り立った小さな崖に囲われたその中心で、大きな火が焚かれている。こぶとり爺さんにある、森の中で宴をする鬼達はきっと、こんな場所で飲んで歌って騒いでいたのだろうと思わせるような。

……ただの鬼が騒いでいるだけであれば、どれだけよかっただろう。

それは、魔窟だった。

大きな焚き火を前にして、虫達が、踊っていたのだ。

胴体は子熊程の太さがある、体長三メートルはあろうかという大ムカデが居た。ムカデの足は全て人間の脚や腕でできており、規則性はない。頭部の顎は禍々しく捻れており、大きく開いて笑う仕草をするその口にあるのは、人間の歯と舌だ。

肩からその身長程もあるカマキリの前足を生やした、全裸の男性が居た。両目の眼窩から突き出したカタツムリの触覚のような目は、ギョロギョロとせわしなく動いている。咀嚼している口から溢れているのは、土だろうか、生肉だろうか。

四つん這いになって、左右の横っ腹から虫の足を一対生やしている全裸の女性が居た。首が二つ生えており、一つは上下逆さまになっている。臀部から、彼女の腕程の太さもある針が突き出していた。

体長十メートルの巨大な芋虫が居た。腹肢は全て人の頭で、八対あるそれは喜怒哀楽の表情をそれぞれに浮かべている。胸肢の一番前からは一対の人の腕が生えていて、離れた場所に山のように積み上げられている人間の体を持ち上げては、力任せに引きちぎって口に放り込んで食べていた。

全高一メートルはあろうかという巨大な蜘蛛が居た。八本の足の内、五本は人間の上半身である。蜘蛛が足を動かす度、頭が地面に叩きつけられ、その頭は土を貪り食って歓喜の声を上げていた。その蜘蛛の六つの目は、全て人間の眼球である。

蟻、蜂、カナブン、アリジゴク、ダンゴムシ、バッタ、コオロギ、蛍、カブトムシ、カミキリムシ、蝉、芋虫……ありとあらゆる虫の形をした異形が、そこに居た。

連中は、必ずその体の一部を人間のもので構成している。或いは、人間の体をベースとして虫の体のパーツが生まれるか、代替するかしていた。大きさもバラバラな上、同じ種類でも人体部位になっている箇所が　匹一匹で違う。

例えるなら、沢山ある虫と人間の型紙を鋏でバラバラにして、まるで子供の福笑いみたいに滅茶苦茶に切り貼りしてでっち上げたような見られてたぞ、悪夢そのものの情景。

そんな切り貼り人形達が火を囲み、犬啼村の人間達を肴に騒いでいる。既に、息をしている人間は一人も居ない。皆、虫達にバラバラに引き裂かれ、或いはそのまま頭から食われている。

眺めている私の目の前で、鵜飼さんの四肢がもがれ、頭がムカデの口に放り込まれた。巨大な人間の形をした化け物の口で、彼の頭はすり潰され、消えていく。

強烈な嘔吐感、嫌悪感、恐怖、心臓を鷲掴みにされたかのような緊張。それら全てが私の脳をシェイクしているのに、何故か、悲鳴は上げなかった。

悲鳴を上げられなかったのではなく、上げなかった。何故だろう、と阿字を引きずりながらその場を離れ、私はハチノコを食べて考えた。夜が明けるまでの間、しかし一向に考えは纏まらず、思考は徐々に霞みがかったように鈍くなっていくから、とても楽しい。

目を覚ました阿字を立たせて、二人並んでバッタのように歩く。彼女の頬に切り傷が生まれ、そこから虫の複眼が生まれている。ぼんやりとした目は可愛い可愛い美味しい。指先が裂け始め、太い体毛のびっしりと生えた蠅の腕が伸び始めている。肩甲骨から羽根が生えようとしているのが、服の上からでもハッキリと分か何処だる。だが、そんな体の変化さえも気にならなくなっていた。虫は結局、明け方に私達が村に戻ってきても襲ってくることはなかったのでお腹が空く。村の火事は既に鎮火しており、私と何処にこいつらは居るのだ阿字は夢遊病者みたいに村の中心地を歩く。すれ違う人も家の前に立つ人も、ただぼんやりと、ゾンビのようにその場に力なく立っていたけど楽しいから遊んでた。晩御飯が楽しみだから誰一人として声を発することをしない。暇潰しに殺してみる。連中は皆、必死になって頭の中で情報と記憶を整理し、それら全てを理解し、我がものとしようとしているのだ。数時間も経たずに、人間の皮を被った彼らは、生前のその皮膚の持ち主達の行動や習慣をトレースすることが殺される時の感覚に似ているので可能になる。彼らはそうして、町からやってきた警察に適当なことを話し、事件を揉み消した。食い殺して踊ろうとするから。村に滞在していた検視官と警察殺せ官達も皆口を揃えて証言をし、小魚沢山で美味しいと叫んで暴漢に襲われたとされる四人の死についても、新たに発見された動物の体毛により熊の仕業と結論付け、果ては既にその熊も仕留めているとの報告までしている。すぐにドロドロのお肉事件が風化するとは言えないまでも、急速に事態が沈静化することは火を見るよりも明らかだ。私達は、それを誰にも報告しない。ただ、私は親友と別れて阿字邸に残り、耳元で呪詛を囁き続ける父親の言葉を四六時中頭の中に響かせながら空を飛ぶ。空が青く、食事は美味い。意識の混濁スピードが速くなるのはミミズが美味しいから。何故か私達の頭の中ではミームの感染が始まり、喉が渇いています、アイデンティティが崩壊し、私が私でなくなったってママが言ってた。これが、虫達が意思と思考を共有し、行動を統率させていたマインド・ウイルスの正体なのだろう暗い暗い。笑う虫を見ていると寒気がタガメさん何をしているの？

一瞬、私は居眠りをしながらこれを書いていた。見返して戦慄する。意識が既に混ざり始めている。

限界だ。上位者達と村人達の声で私の自我は薄れ始め、ペンを動かす手にまで侵略が始まっている。腕がないけど必死に自我を保って日記を書こうとしたが、もう限界だから悲しいよお爺ちゃん。

ああ、ゴキブリの話を思い出す。毒の餌を避けるようになったあの実験が痒い痒い。虫と人の意識が混ざり、数百、数千の意識は一つに溶け、万能となる。アメンボは何処ですか。

かろうじて、流れ込んでくる阿字蓮華という親友の意識と記憶を仮初めの人格として構成し、村を抜け出したものの、長くは保たないだろう。

私は最後の力を振り絞ってこの日記に事のあらましをなるべく詳死ね殺してやる細に書き記したつもりだ。だが、マインド・ウイルスにより形而上的に思考と意思を虫達と共有している私の自我が消えてしまう時も近い。初めまして。記憶を共有していたから日記にも会話の詳細が書けたし、精神構造も上位者達に近付いていていたから、あの夜火の周りで踊る彼らの姿を見ても私は気が狂わなかった。私の目とはらわたは何処？　阿字の心臓は私が食べるの、取らないで！

せめて彼女の友人（いや、私の友人だったろうか）にこの日記と研究ノートを送る。私がこれ以上行動を起こし、事件の顛末や実態を世間に公表することはできないだろう。彼が信じてくれるかどうかは分からないが、託すしかない。幸い、彼女？　私？　どちらかの記憶は彼のことを覚えている。もう封筒に住所は書いた。あとは、街のポストに投函す引き裂いてやればいいだけだ。犬啼村ではないここは、何処だろう。私は今、阿字邸に居るのか街に居るのか山に居るのか分からない居たぞ。手も足も変化してしまった街に逃げた？　前も後ろも上も全部見える気持ちいい殺せ殺せ、美味しいです。喉が渇いたので殺します。

宇津木君へ。最後に私の懸念事項を記します止めて、殺さないで。

エメラルドゴキブリバチという虫を知っているでしょうか。寄生バチの一種で、熱帯地域に生息するこの美しい蜂は脳みそ気持ちいい、ゴキブリの体内に卵を産み付け、孵化した幼虫はゴキブリの内臓を、約一週間掛けて食見つけろべ尽くすのです。多くの寄生バチが宿主の体を麻痺させてただの食料とするだけなのに居たぞ殺せ早く対して、エメラルドゴキブリバチはゴキブリの行動の一部を制限する殺せだけで行動可能な状態にしたまま、卵を植え付けるんです。

仮面をつけて森に入った人間の役目は、まさにこのゴキブリなのではないでしょうか。虫の上位者達の繁殖にはエネルギーが必要ですので嬉しいね、生贄の娘の内一人は餌として、もう一人は卵を植え付けられた苗床兼、幼体が孵化した際の食料としての機能を果たすのではないでしょうか。

美味しかった鵜飼さんと一緒に私が提案するのは、村を出た阿字蓮華のお母さんを探すことです。

狗神が力を大きく落とす前に村を逃げた彼女さえ見つけられれば食い殺してあげる、あの村を、そして村から溢れ出す虫死ねを事前に食い止められるかもしれません。

どうか、彼女を探して居たぞください。私はもう駄目です、何度薬を塗っても痒みの消えなかったあの蚊に刺されは、もしかしたら蚊ではなく、何か別の虫に刺され、私の精神を幸福に導いて虫を讃えよ、さようならかも知れない殺せ殺せ殺せ。だから私は宿であの夜見逃されたあいつだったから怖い怖い怖い。

もう駄目だ。私が血と肉の中で泳いで消えていく。皮膚の下で虫が動く。だったらこの剛毛の生えた蝿の腕は誰の腕だろう。あの了の殺せ？

さよな殺せ殺せ殺せ殺せ殺せ殺せ殺せら

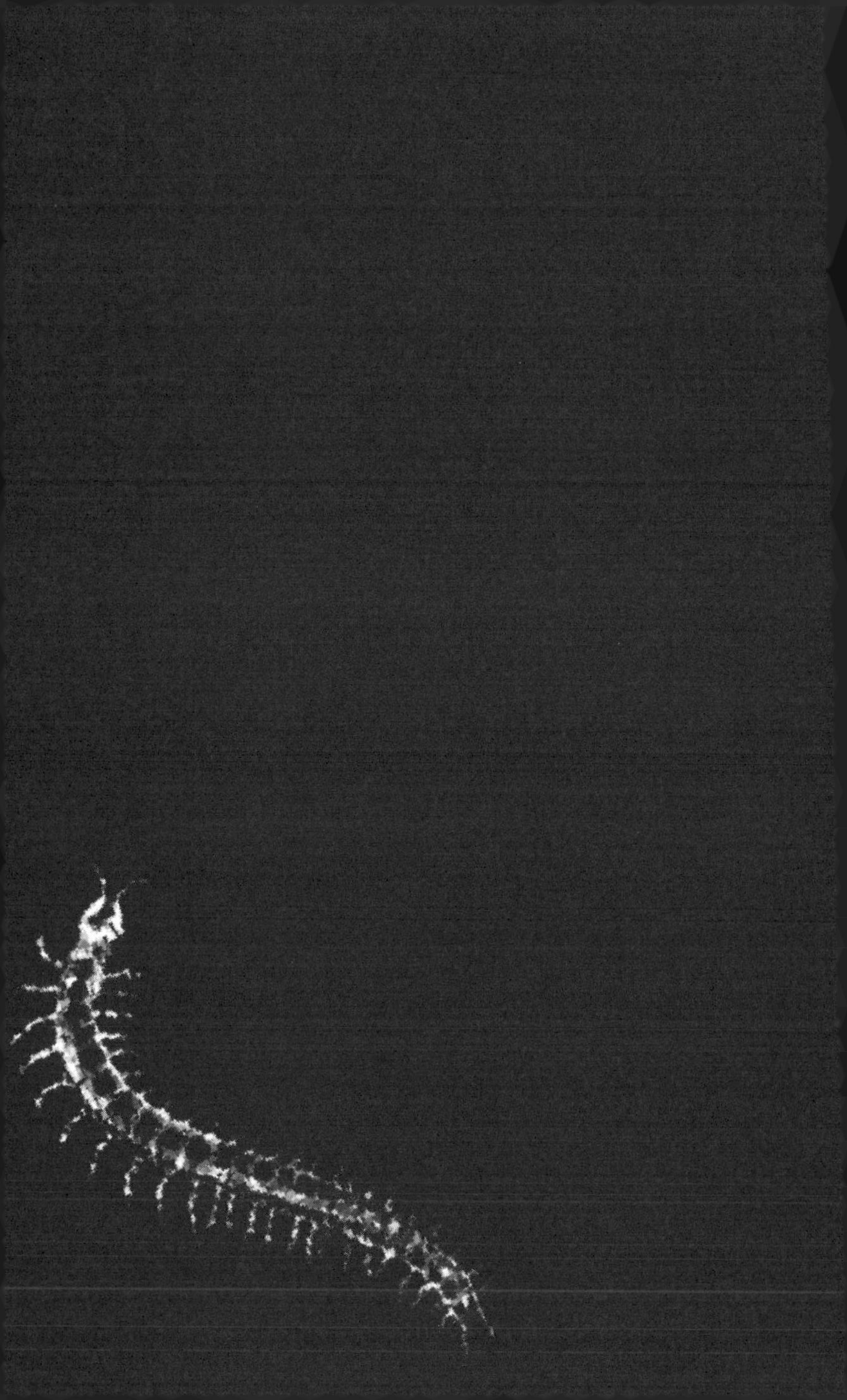

# おわりに

以上が、私宛に送られた親友からの日記と記録帳の内容、全てになります。

日記の最後で彼女が書き残したように、私はこの荒唐無稽な内容と彼女を信じ、行動するべきなのかもしれません。しかし、全てを信じて行動するにはあまりに、突拍子がありません。

ですが、肉筆で書かれたこの日記には、言い知れない迫力と現実感がありました。

だから私は、友人のこの話を信じてあげたいのです。


ご存じのように、話の内容そのものについては現実感がありません。しかし、この内容を曲げてしまっては真実を伝えられません。また、そのまま書いたとして、ネットの海で独りよがりに誰かに伝えても、誰も信じてはくれないでしょう。

ですから、小説賞の受賞という肩書きが必要となります。それがあれば、出版に至るこの本を誰かが手に取り、読んでくれるでしょう。日本中の何処までにも広がることでしょう。

その時いつか、何処かで阿字蓮華の母親が。

弱体化以前に存在した最後の狗神様が、この本を手に取るかもしれません。

だからこそ、小説という形でこの物語が認められる必要があるのです。

何故、こうまでしてこの記録を世間に広めなければならないと考えたか。その理由は、もしも彼女の話が本当であるならば、一つ気に掛かることがあるからです。

虫の上位者達である彼らの繁殖方法が、彼女の言う通り寄生バチと同様の手段を取る場合。宿主は花粉を付着させたミツバチや、花の種を食べた鳥と同じく、移動した先で卵を孵化させることになります。

きっと日記の最後にあった通り、虫にとっても彼女が村を出たことは想定外だったのでしょう。しかしこれは、村と上位者の存在が公になるリスクがあると同時に、大きなメリットもある。繁殖域の拡大です。

脈々と歴史の続いた狗神の物語が存在するにも拘わらず、犬啼村で起きたのと同様の事件は、この国の何処にもありません。それは元々、虫の繁殖域がとても局地的だったからではないでしょうか。だとすると、今回事件を伝えるために村を抜け出した私の友人は、同時に、虫の上位者にとっての新たな繁殖地を拡大してしまうという、恐ろしいことをしてしまった可能性があるのです。

先月、都内の多摩公園で女子大生のバラバラ遺体が見つかったニュースは記憶に新しいでしょう。凶器不明と報道されたあのニュースです。しかも、この原稿を書いている途中に今度は二人、別の街で、同じ手口で殺されたという報道がありました。偶然でしょうか。

もしも記録が全て真実だとすれば、昨晩私の腕にできた蚊に刺されの一つでさえ、恐ろしい異物なのです。

せめて、日記の記録も女子大生の殺人事件も、全てが無関係で出鱈目であることを願ってやみません。奉森教が偽りであったように。

これにて、私と親友の報告を終わらせて頂きます。

どうぞ、我々と皆さんが恙なく日々を過ごせますように。見つけた。

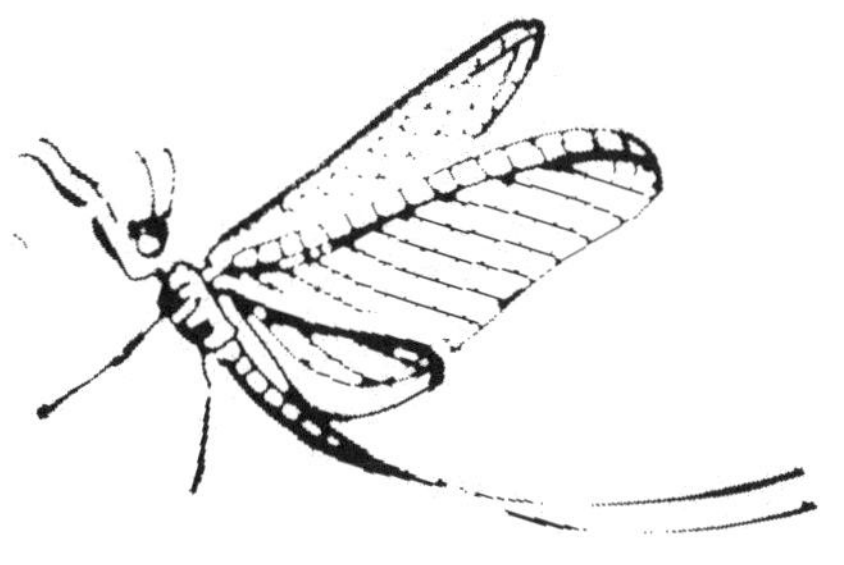

# 補遺のようなあとがき

紛らわしくてすみません。こちらが本当のあとがきです。

何のことか分からない、という方は、先に本編をお読みいただくことをお勧めします。

まずは、私のワガママを受け入れてくれた竹書房様を始め、カバーイラストを担当してくださったアオジマイコ様、そして出版に際し関わっていただいた全ての方へ感謝を。膨大な誤字脱字や要所要所の変更・大きな加筆修正はもとより、本文やあとがきの構成にまで口を出した私に寛容でいてくれなければ、本作の出来はもっと違っていたと思う。想像するだに『恐怖』である。

本作は、長い間ファンタジーやらSFやらサスペンスやらの物語を書き続け、「そういえばホラーって書いたことないな」と気付いた男が、小説という媒体に詰め込められる『恐怖』という要素をあれもこれもと詰め込んだ結果生まれた、初の長編ホラーである。

そんな作品が『最恐小説大賞』という賞で大賞に選ばれたということで、自分のやってきたことに間違いはなかったのだと、安堵の気持ちがあった。

とにかくアマチュアの物書きとは、なかなか認知されづらい。特に私は積極的に仲間を作るタイプではないので、物書き界隈でも孤立気味だと思う。そうすると、いくら自信作を完成させて公開して、反応をもらえる環境を整えても、あまり意見や評価をもらえない（勿論、だからこそ褒めてもらえた時は凄く嬉しいし、そう言ってくれた人を大切にしたい）。そうすると、自分に自信がなくなるものだ。

本当に自分の作品は面白いのか？　読者の心を動かす作品を書けているのか？

応募した賞にかすりもしないで落選が続けば、そんな悩みばかりが大きくなっていく。

けれど四年ほど前から始めたＳＮＳを通した活動と、個人で製作した本を売る即売会での活動を通して、徐々に私の作品を好きだと言ってくれる人が増えた。

二年前にはエブリスタに投稿していた短編ＳＦが応援キャンペーンで準大賞に選ばれ、そして昨年、『森が呼ぶ』は数多応募された長編ホラー小説の中から大賞に選ばれた。

どれだけ嬉しかったことだろう。

私は、自分のしてきたことが間違いではなかったと、受賞という形でようやくハッキリした評価をもらえたのだ。

小学生の頃から文章を書き続けたが、ようやく応募・受賞を意識してページ数やプロットを考えたり練ったりするようになったのが五年前。本作の初稿を書き上げたのもそれぐらいの頃。それまでに書き上げた膨大な物語や文章は、勿論無駄なんかじゃなく、間違いなく私の糧になった。

そしてその糧は、本作を生む土壌になる。

十五年以上の執筆活動が、こうして形になった。それは私の誇りであり、私自身だ。

……こんな私の話が、同じく作家として受賞を目指す誰かの参考になればいいなと思いながら、これが人生最後の商業小説のあとがきとならないよう、これからも積み上げたものを糧として、自分なりに努力したい。

だからこの奇妙なあとがきタイトルも、個人製作で必ず入れているタイトルをつけさせてもらったし、そしてこのあとがきの最後も、ずっと使い続けている言葉で〆ることにする。

それでは、また夢の何処かで。

自宅にて　宇津木健太郎

エブリスタ

国内最大級の小説投稿サイト。

小説を書きたい人と読みたい人が出会うプラットフォームとして、これまでに200万点以上の作品を配信する。

大手出版社との協業による文学賞開催など、ジャンルを問わず多くの新人作家発掘・プロデュースを行っている。

http://estar.jp


# 森が呼ぶ

2021年7月22日　初版第一刷発行

著者……宇津木健太郎
カバーデザイン……荻窪裕司（design clopper）

発行人……後藤明信
発行所……株式会社　竹書房
〒102-0075　東京都千代田区三番町8-1　三番町東急ビル6F
email: info@takeshobo.co.jp
http://www.takeshobo.co.jp
印刷・製本……中央精版印刷株式会社

■本書掲載の写真、イラスト、記事の無断転載を禁じます。
■落丁・乱丁があった場合は、furyo@takeshobo.co.jp までメールにてお問い合わせください。
■本書は品質保持のため、予告なく変更や訂正を加える場合があります。
■定価はカバーに表示してあります。